朱永新 主编

名家忆母亲

母爱的学问

团结出版社

图书在版编目（ＣＩＰ）数据

　　母爱的学问：名家忆母亲 / 朱永新主编 . -- 北京：
团结出版社，2022.5（2023.6 重印）
　　ISBN 978-7-5126-3996-6

　　Ⅰ . ①母… Ⅱ . ①朱… Ⅲ . ①散文集－中国－当代
Ⅳ . ① I267

中国版本图书馆 CIP 数据核字 (2022) 第 065120 号

出　　版：团结出版社
　　　　　（北京市东城区东皇城根南街 84 号　邮编：100006）
电　　话：（010）65228880　65244790（出版社）
　　　　　（010）65238766　85113874　65133603（发行部）
　　　　　（010）65133603（邮购）
网　　址：http://www.tjpress.com
E-mail：zb65244790@vip.163.com
　　　　　tjcbsfxb@163.com（发行部邮购）
经　　销：全国新华书店
印　　装：三河市东方印刷有限公司

开　　本：145mm×210mm　　32 开
印　　张：8
字　　数：156 千字
版　　次：2022 年 5 月　第 1 版
印　　次：2023 年 6 月　第 4 次印刷

书　　号：978-7-5126-3996-6
定　　价：49.00 元
本书部分文字作品著作权由中国文字著作权协会授权，电话：010-65978917，
传真：010-65978926，E-mail: wenzhuxie@126.com。

目　录

母爱是一门学问（代序）

母亲是女人最神圣的天职。

现代幼儿教育的重要奠基人福禄倍尔曾经说过："国民的命运，与其说是操在掌权者手中，倒不如说是握在母亲的手中。因此，我们必须努力启发母亲——人类的教育者。"我国近代学者梁启超先生也有一段异曲同工之妙的话："故治天下之大本二，曰：正人心，广人才。而二者之本，必自蒙养始；蒙养之本，必自母教始；母教之本，必自妇学始。故妇学实天下存亡强弱之大原也。"

为什么古今中外的教育家如此重视母亲在孩子成长历程中的作用？首要的原因，就是母亲与孩子的天然联系。十月怀胎，孩子寄生于母亲体内，并不是一个只汲取母亲体内营养的生物体，而是一个通过母亲去感受外部世界的学习体。中国古代的

"胎教"就非常重视母亲的行为举止对孩子的影响，要求母亲"寝不侧，坐不边，立不跸，不食邪味。割不正不食，席不正不坐，目不视邪色，耳不听淫声。夜则令瞽诵诗，道正事"。这些要求尽管现在看起来有时代的局限性，但是，就重视母亲在怀孕期间的生活状态与情绪反应而言，还是非常有借鉴意义的。

对于一个刚刚出生的儿童来说，母亲就是他（她）的全世界。母亲不仅意味着物质上的温饱，同时也提供着精神上的慰藉。母亲微笑，就是世界向他微笑，母亲歌唱，就是世界向他歌唱。心理学家雷纳·施皮茨在研究中发现，如果一个婴幼儿没有感受到这样的爱，即使物质上并不匮乏，也会因为冷落真正失去活力，严重的甚至导致死亡，他将这种病症称为"孤儿院症"。

所以，哪怕一个普通的母亲在满足着儿童最简单的食物需求时，也是在同时满足着儿童对精神与物质的双重需求。但直至今日，很多母亲都并不明白这一点。就拿母乳喂养来说，母乳营养丰富、安全、容易消化吸收，是最适合孩子成长需要的，但一些母亲因为把母乳喂养视为简单地满足孩子生理需求的过程，让奶粉或者奶妈代劳。其实，母乳喂养的同时还是建立母子一体感的重要方式，是孩子精神成长不可或缺的重要内容。

有人曾经说过，爱孩子，这是连母鸡也会做的事情。话虽然说得有些刻薄，但也从另外一个角度说明，人类的爱应该不同于其他动物的爱。这就是我们新教育说的"智慧爱"。一般情况下，母亲爱孩子近乎天性。没有母亲会不爱自己的孩子。只不过，不同的母亲可能会选择不同的爱的方式，本能的爱或者智慧的爱。本能的爱，往往只关心孩子的温饱与安全，智慧的爱，还要关心孩子的精神世界，满足孩子的好奇心与探究心等心灵需求。

母亲的作用无人替代。

我认为，对于母亲来说，在教育上特别需要注意以下几个问题：

第一，要意识到自己在教育孩子过程中的不可替代性。

在母亲和孩子之间存在着一条特殊的纽带，特别是在孩子诞生的初期，尤其要关注孩子的方方面面。蒙台梭利曾经对刚刚出生时婴儿的环境与教育提出了以下几个原则：母亲应该尽可能与婴儿多交流接触；让婴儿的环境与母亲体内的安静、黑暗、恒温尽可能相似，在温度、光线和声音等方面与出生前不要相差太大；抚摸与抱起婴儿要尽可能轻柔；等等。母子心连心，母子之间的纽带并不因为婴儿从体内来到了体外而改变。母爱是一种伟大的力量，也是世界上最神奇的力量。再好的设备，再先进的管理方法，也无法替代母亲对孩子的爱。为什么要给母亲放产假？不仅仅是要给母亲休养生息的时间，不仅仅是要给母亲哺乳的时间，更重要的是给母亲与孩子亲密接触的时间。

第二，要尽早给孩子朗读，讲故事，培养孩子的阅读习惯与兴趣。

一个人的精神发育史就是他的阅读史。阅读本身也是建立亲密感，培养孩子对声音的敏感、对阅读的兴趣的重要途径。美国学者吉姆·崔利斯在《朗读手册》的扉页上曾经引用过这样一首诗："你或许拥有无限的财富，一箱箱的珠宝与一柜柜的黄金。但你永远不会比我富有——我有一位读书给我听的妈妈。"许多妈妈只知道孩子有喝奶的生理需要，不知道孩子有精神成长的需要，不知道亲子共读给孩子一生会带来怎样的影响。所以，如果说哺育孩子是兼具满足孩子的心灵需求，那么亲子共读则是直接哺育孩子的心灵。在孩子婴幼儿的关键时期，母亲的儿歌、童谣、故事，母亲与孩子一起翻阅的图画书，是给孩子一生最根本的营养，最重要的礼物。

第三，要为孩子营造一个和谐的家庭氛围。

在一个家庭中，难免有磕磕碰碰的事情，夫妻之间也难免对许多问题有不同的看法和做法。求同存异，无疑是解决问题的方法。最忌讳母亲与父亲或者家庭的其他成员在孩子面前激烈争吵，让孩子无所适从。天长日久，孩子就会利用父母或者家庭成员之间的矛盾和冲突，投机取巧。所以，夫妻之间如果有不同意见，应该尽可能学会交流，学会妥协。就算无法做到这些而吵架，也一定要回避孩子，千万不要在孩子面前争吵。

父亲与母亲，在孩子的生命中扮演着不同角色，我们不能简单地说，在孩子成长的过程中母亲的作用就比父亲更重要。但是毫无疑问，在孩子诞生的最初阶段，母亲的作用没有任何人能够替代。苏霍姆林斯基告诉我们，"童年是人生最重要的时期，它不是对未来生活的准备时期，而是真正的、光彩夺目的一段独特的、不可再现的生活。今天的孩子将来会成为一个什么样的人，这里起决定性作用的是他的童年如何度过，童年时期由谁携手带路，周围世界的哪些东西进入了他的头脑和心灵。人的性格、思维、语言都在学龄前和学龄初期形成"。

因此，所有成为母亲和将会成为母亲的人一定要记住：母爱也是一门学问，需要智慧与研习，母亲也是一门"职业"，需要学习和探究，因为，母亲就是女人最神圣的天职。

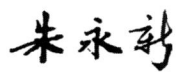

胡适

胡适（1891—1962），中国现代著名的学者、思想家、教育家。曾任北京大学校长、"中央研究院"院长等职，以倡导"白话文"、提倡新文化运动闻名于世，对"五四"以来中国文化及学术影响深远。主要著作有《中国哲学史大纲》《尝试集》《白话文学史》《胡适文存》等。

我的恩师就是我的慈母／胡　适

我小时身体弱，不能跟着野蛮的孩子们一块儿玩。我母亲也不准我和他们乱跑乱跳。小时不曾养成活泼游戏的习惯，无论在什么地方，我总是文绉绉的。所以家乡老辈都说我"像个先生样子"，遂叫我做"穈先生"。这个绰号叫出去之后，人都知道三先生的小儿子叫做穈先生了，既有"先生"之名，我不能不装出点"先生"样子，更不能跟着顽童们"野"了。有一天，我在我家八字门口和一班孩子"掷铜钱"，一位老辈走过，见了我，笑道："糜先生也掷铜钱吗？"我听了羞愧得面红耳热，觉得太失了"先生"的身份！

大人们鼓励我装先生样子，我也没有嬉戏的能力和习惯，又因为我确是喜欢看书，所以我一生可算是不曾享过儿童游戏的生活。每年秋天，我的庶祖母同我到田里去"监割"（顶好的田，水旱无忧，收成最好，佃户每约田主来监割，打下谷子，两家平分），我总是坐在小树下看小说。十一二岁时，我稍活泼一点，居然和一群同学组织了一个戏剧班，做了一些木刀竹枪，借得了几副假胡须，就在村口田里做戏。我做的往往是诸葛亮、刘备一类的文角儿；只有一次我做史文恭，被花荣一箭从椅子上射倒下去，这算是我最活泼的玩艺儿了。

我在这九年（1895—1904）之中，只学得了读书写字两件事。在文字和思想（看文章）的方面，不能不算是打了一点儿底子。但别的方面都没有发展的机会。有一次我们村里"当朋"（八都凡五村，称为"五朋"，每年一村轮着做太子会，名为"当朋"），筹备太子会，有人提议要派我加入前村的昆腔队学习吹笙或吹笛。族里长辈反对，说我年纪太小，不能跟着太子会走遍五朋。于是我便失掉了这学习音乐的唯一机会。三十年来，我不曾拿过乐器，也全不懂音乐；究竟我有没有一点学音乐的天资，我至今还不知道。至于学图画，更是不可能的事。我常常用竹纸蒙在小说书的石印绘像上，摹画书上的英雄美人。有一天，被先生看见了，挨了一顿大骂，抽屉里的图画都被搜出撕毁了。于是我又失掉了学做画家的机会。

但这九年的生活，除了读书看书之外，究竟给了我一点儿做人的训练。在这一点上，我的恩师就是我的慈母。

每天天刚亮时，我母亲就把我喊醒，叫我披衣坐起。我从不知道她醒来坐了多久了。她看我清醒了，才对我说昨天我做错了什么事，说错了什么话，要我认错，要我用功读书。有时候她对我说父亲的种种好处，她说："你总要踏上你老子的脚步。我一生只晓得这一个完全的人，你要学他，不要跌他的股。"（股便是丢脸、出丑）。她说到伤心处，往往掉下泪来。到天大明时，她才把我的衣服穿好，催我去上早学。学堂门上的锁匙放在先生家里；我先到学堂门口一望，便跑到先生家里去敲门。先生家里有人把锁匙从门缝里递出来，我拿了跑回去，开了门，坐下念生书。十天之中，总有八九天我是第一个去开学堂门的。等到先生来了，我背了生书，才回家吃早饭。

我母亲管束我最严，她是慈母兼严父。但她从来不在别人面前骂我一句，打我一下。我做错了事，她只对我一望，我看见了她的严厉眼光，就吓住了。犯的事小，她等到第二天早晨我睡醒时才教训我。犯的事大，她等到晚上人静时，关了房门，先责备我，然后行罚，或罚跪，或拧我的肉，无论怎样重罚，总不许我哭出声音来。她教训儿子不是借此出气叫别人听的。

有一个初秋的傍晚，我吃了晚饭，在门口玩，身上只穿着一件单背心。这时候我母亲的妹子玉英姨母在我家住，她怕我冷了，拿了一件小衫出来叫我穿上。我不肯穿，她说："穿上吧，凉了。"我随口回答："娘（凉），什么！老子都不老子呀。"我刚说了这句话，一抬头，看见母亲从家里走出，我赶快把小衫穿上。但她已听见这句轻薄的话了。晚上人静后，她罚我跪下，重重的责罚了一顿。她说："你没了老子，是多么得意的事！好用来说嘴！"她气得坐着发抖，也不许我上床去睡。我跪着哭，用手擦眼泪，不知擦进了什么微菌，后来足足害了一年多的眼翳病。医来医去，总医不好。我母亲心里又悔又急，听说眼翳可以用舌头舔去，有一夜她把我叫醒，她真用舌头舔我的病眼。这是我的严师，我的慈母。

　　我母亲23岁做了寡妇，又是当家的后母。这种生活的痛苦，我的笨笔写不出万分之一二。家中经济本不宽裕，全靠二哥在上海经营调度。大哥从小就是败家子，吸鸦片烟，赌博，钱到手就光，光了就回家打主意，见了香炉就拿出去卖，捞着锡茶壶就拿出去押。我母亲几次邀了本家长辈来，给他定下每月用费的数目。但他总不够用，到处都欠下烟债赌债。每年除夕我家中总有一大群讨债的，每人一盏灯笼，坐在大厅上不肯去。大哥早已避出去了。大厅的两排椅子上满满的都是灯笼和债主。我母亲走进走出，料理年夜饭、谢灶神、压岁钱等事，只当作不曾看见这一群人。到了近半夜，快要"封门"了，我母亲才走后门出去，央一位邻舍本家到我家来，每一家债户开发一点钱。作好作歹的，这一群讨债的才一个一个提着灯笼走出去。

一会儿，大哥敲门回来了。我母亲从不骂他一句。并且因为是新年，她脸上从不露出一点怒色。这样的过年，我过了六七次。

大嫂是个最无能而又最不懂事的人，二嫂是个很能干而气量很窄小的人。她们常常闹意见，只因为我母亲的和气榜样，她们还不曾有公然相打相骂的事。她们闹气时，只是不说话，不答话，把脸放下来，叫人难看；二嫂生气时，脸色变青，更是怕人。她们对我母亲闹气时，也是如此。我起初全不懂得这一套，后来也渐渐懂得看人的脸色了。我渐渐明白，世间最可厌恶的事莫如一张生气的脸；世间最下流的事莫如把生气的脸摆给旁人看。这比打骂更难受。

我母亲的气量大，性子好，又因为做了后母后婆，她更事事留心，事事格外容忍。大哥的女儿比我只小一岁，她的饮食衣料总是和我的一样。我和她有小争执，总是我吃亏，母亲总是责备我，要我事事让她。后来大嫂、二嫂都生了儿子了，她们生气时便打骂孩子来出气，一面打，一面用尖刻有刺的话骂给别人听。我母亲只装作没听见。有时候，她实在忍不住了，便悄悄走出门去，或到左邻立大嫂家去坐一会，或走后门到后邻度嫂家去闲谈。她从不和两个嫂子吵一句嘴。

每个嫂子一生气，往往十天半个月不歇，天天走进走出，板着脸，咬着嘴，打骂小孩子出气。我母亲只忍耐着，忍到实在不可再忍的一天，她也有她的法子。这一天的天明时，她就不起床，轻轻地哭一场。她不骂一个人，只哭她的丈夫，哭她自己命苦，留不住她丈夫来照管她。她刚哭时，声音很低，渐渐哭出声来。我醒了起来劝她，她不肯住。这时候，我总听得见前堂（二嫂住前堂东房）或后堂（大嫂住后堂西房）有一扇门开了，一个嫂子走出房向厨房走去。不多一会，那位嫂子来敲我们的房门了。我开了房门，她走进来，捧着一碗热茶。我母亲慢慢止住哭声，伸手接了茶碗。那位嫂子站着劝一会儿，才退出去，没有一句话提到什么人，也没有一个字提到这十天半个月来的气脸，然而各人心里明白，泡茶进来的嫂子总是那十天半个月来闹气的人，奇怪得很，这一哭之后，至少有一两个月的太平清净日子。

我母亲待人最仁慈，最温和，从来没有一句伤人感情的话。但她有时候也很有刚气，不受一点人格上的侮辱。我家五叔是个无正业的浪人，有一天在烟馆里发牢骚，说我母亲家中有事总请某人帮忙，大概总有什么好处给他。这句话传到了我母亲耳朵里，她气得大哭，请了几位本家来，把五叔喊来，她当面质问他她给了某人什么好处。直到五叔当众认错赔罪，她才罢休。

我在我母亲的教训之下度过了少年时代，受了她的极大极深的影响。我 14 岁（其实只有 12 岁零两三个月）就离开她了。在这广漠的人海里独自混了二十多年，没有一个人管束过我。如果我学得了一丝一毫的好脾气，如果我学得了一点点待人接物的和气，如果我能宽恕人，体谅人——我都得感谢我的慈母。

朱永新感悟：

　　胡适先生的这篇文章，原名为《我的母亲》，因为这本书中以此为题的较多，我选了文章中的一句原话作为标题。这篇文章讲述了一个仁慈、温和，但很有原则的母亲的故事。文章中有许多教育的细节：每天天刚亮时，胡适的母亲就把他叫醒，开始每天的晨课，告诉他做错了什么事，说错了什么话，要他承认错误，用功读书；母亲她从来不在别人面前打骂批评孩子，体现了对孩子的尊重，但在原则问题上也毫不含糊，惩罚严厉；母亲仁慈温和，从来不伤人感情，但是也有刚气的一面。胡适自己认为，他的性格是深受母亲的影响的。

郭沫若

郭沫若（1892—1978），中国现代著名作家、历史学家、考古学家、古文字学家，新文化运动中新文学社团创造社开创成员之一。新中国成立后，曾担任政务院副总理、中国科学院院长、中国文联主席等职务。主要作品有新诗集《女神》，历史剧《棠棣之花》《屈原》《虎符》和学术著作《青铜时代》《十批判书》等，并主编了《甲骨文合集》《中国史稿》等，其全部作品编成《郭沫若全集》三十八卷。

芭蕉花 / 郭沫若

这是我五六岁时的事情了。我现在想起了我的母亲，突然记起了这段故事。

我的母亲六十六年前是生在贵州省黄平州的。我的外祖父杜琢章公是当时黄平州的州官。到任不久，便遇到苗民起事，致使城池失守，外祖父手刃了四岁的四姨，在公堂上自尽了。

外祖母和七岁的三姨跳进州署的池子里殉了节，所用的男工女婢也大都殉难了。我们的母亲那时才满一岁，刘奶妈把我们的母亲背着已经跳进了池子，但又逃了出来。在途中遇着过两次匪难，第一次被劫去了金银首饰，第二次被劫去了身上的衣服。忠义的刘奶妈在农人家里讨了些稻草来遮身，仍然背着母亲逃难。逃到后来遇着赴援的官军才得了解救。最初流到贵州省城，其次又流到云南省城，倚人庐下，受了种种的虐待，但是忠义的刘奶妈始终是保护着我们的母亲。直到母亲满了四岁，大舅赴黄平收尸，便道往云南，才把母亲和刘奶妈带回了四川。

母亲在幼年时分是遭受过这样不幸的人。

母亲在十五岁的时候到了我们家里来，我们现存的兄弟姊妹共有八人，听说还死了一兄三姐。那时候我们的家道寒微，一切炊洗洒扫要和妯娌分担，母亲又多子息，更受了不少的累赘。白日里家务奔忙，到晚来背着弟弟在菜油灯下洗尿布的光景，我在小时还亲眼见过，我至今也还记得。

母亲因为这样过于劳苦的原故，身子是异常衰弱的，每年交秋的时候总要晕倒一回，在旧时称为"晕病"，但在现在想来，这怕是在产褥中，因为摄养不良的关系所生出的子宫病吧。

晕病发了的时候，母亲倒睡在床上，终日只是呻吟呕吐，饭不消说是不能吃的，有时候连茶也几乎不能进口。像这样要经过两个礼拜的光景，又才渐渐回复起来，完全是害了一场大病一样。

芭蕉花的故事是和这晕病关连着的。

在我们四川的乡下，相传这芭蕉花是治晕病的良药。母亲发了病时，我们便要四处托人去购买芭蕉花。但这芭蕉花是不容易购买的。因为芭蕉在我们四川很不容易开花，开了花时乡里人都视为祥瑞，不肯轻易摘卖。好容易买得了一朵芭蕉花了，在我们小的时候，要管两只肥鸡的价钱呢。

芭蕉花买来了，但是花瓣是没有用的，可用的只是瓣里的蕉子。蕉子在已经形成了果实的时候也是没有用的，中用的只是蕉子几乎还是雌蕊的阶段。一朵花上实在是采不出许多的这样的蕉子来。

这样的蕉子是一点也不好吃的，我们吃过香蕉的人，如以为吃那蕉子怕会和吃香蕉一样，那是大错而特错了。有一回母亲吃蕉子的时候，在床边上挟过一箸给我，简直是涩得不能入口。

芭蕉花的故事便是和我母亲的晕病关连着的。

我们四川人大约是外省人居多，在张献忠剿了四川以后——四川人有句话说："张献忠剿四川，杀得鸡犬不留"——在清初时期好像有过一个很大的移民运动。外省籍的四川人各有各的会馆，便是极小的乡镇也都是有的。

我们的祖宗原是福建的人，在汀州府的宁化县，听说还有我们的同族住在那里。我们的祖宗正是在清初时分入了四川的，卜居在峨眉山下一个小小的村里。我们福建人的会馆是天后宫，供的是一位女神叫做"天后圣母"。这天后宫在我们村里也有一座。

那是我五六岁时候的事了。我们的母亲又发了晕病。我同我的二哥，他比我要大四岁，同到天后宫去。那天后宫离我们家里不过半里路光景，里面有一座散馆，是福建人子弟读书的地方。我们去的时候散馆已经放了假，大概是中秋前后了。我们隔着窗看见散馆园内的一簇芭蕉，其中有一株刚好开着一朵大黄花，就像尖瓣的莲花一样。我们是欢喜极了。那时候我们家里正在找芭蕉花，但在四处都找不出。我们商量着便翻过窗去摘取那朵芭蕉花。窗子也不过三四尺高的光景，但我那时还不能翻过，是我二哥擎我过去的。我们两人好容易把花苞摘了下来，二哥怕人看见，让我把花藏在衣袂下同路回去。回到家里了，二哥叫我把花苞拿去献给母亲。我捧着花跑到母亲的床前，母亲问我是从甚么地方拿来的，我便直说是在天后宫掏来的。我母亲听了便大大地生气，她立地叫我们跪在床前，只是连连叹气地说："啊，娘生下了你们这样不争气的孩子，为娘的倒不如病死的好了！"我们都哭了，但我也不知为甚么事情要哭。不一会父亲晓得了，他又把我们拉去跪在大堂上的祖宗面前打了我们一阵。我挨掌心是这一回才开始的，我至今也还记得。

我们一面挨打，一面伤心。但我不知道为甚么该讨我父亲、母亲的气。母亲病了要吃芭蕉花。在别处园子里掏了一朵回来，为甚么就犯了这样大的过错呢？

芭蕉花没有用，抱去奉还了天后圣母，大约是在圣母的神座前干掉了吧？

这样的一段故事，我现在一想到母亲，无端地便涌上了心来。我现在离家已十二三年，值此新秋，又是风雨飘摇的深夜，天涯羁客不胜落寞的情怀，思念着母亲，我一阵阵鼻酸眼胀。

啊，母亲，我慈爱的母亲哟！你儿子已经到了中年，在海外已自娶妻生子了。幼年时摘取芭蕉花的故事，为甚么使我父亲、母亲那样的伤心，我现在是早已知道了。但是，我正因为知道了，竟失掉了我摘取芭蕉花的自信和勇气。这难道是进步吗？

朱永新感悟：

芭蕉花，是一个亲情的故事，也是一个教育的故事。

母亲的病，需要芭蕉花。四川很少有芭蕉花，作者兄弟俩在家乡的天后宫翻墙摘花献给母亲。没有想到母亲却惩罚他们，父亲更是把他们兄弟两人拉去跪在大堂上，在祖宗面前打了他们一阵。西方道德心理学有一个著名的海因茨偷药的实验：欧洲有个妇女患了癌症，生命垂危。医生认为只有本城有个药剂师新研制的药能治好她。配制这种药的成本为200元，但销售价却要2000元。病妇的丈夫海因茨到处借钱，可最终只凑得了

1000 元。海因茨恳求药剂师，他妻子快要死了，能否将药便宜点卖给他，或者允许他赊账。药剂师不仅没答应，还说："我研制这种药，就是为了赚钱。"在这个情景下，海因茨趁夜晚药房没人的时候，偷走了救命药。处在不同道德发展阶段的人，对海因茨的行为有不同的评价。其实，作者兄弟的行为也有类似之处。母亲通过这一件事告诉孩子：再好的东西，也不能通过不合法的手段去获得。

邹韬奋

邹韬奋（1895—1944），本名恩润，中国现代著名的记者、出版家。创办生活书店和三联书店，以及《大众生活》《全民抗战》等刊物。主要著作有《萍踪寄语》《萍踪忆语》等，有《韬奋全集》行世。

循循善诱的良师 / 邹韬奋

说起我的母亲，我只知道她是"浙江海宁查氏"，至今不知道她有什么名字！这件小事也可表示今昔时代的不同。现在的女子未出嫁的固然很"勇敢"地公开着她的名字，就是出嫁了的，也一样地公开着她的名字。不久以前，出嫁后的女子还大多数要在自己的姓上面加上丈夫的姓；通常人们的姓名只有三个字，嫁后女子的姓名往往有四个字。

在我年幼的时候，知道担任商务印书馆出版的《妇女杂志》笔政的朱胡彬夏，在当时算是有革命性的"前进的"女子了，她反抗了家里替她订的旧式婚姻，以致她的顽固的叔父宣言要用手枪打死她，但是她却仍在"胡"字上面加着一个"朱"字！
近来的女子就有很多在嫁后仍只由自己的姓名，不加不减。这
意义表示女子渐渐地有着她们自己的独立的地位，不是属于任
何人所有的了。但是在我的母亲的时代，不但不能学"朱胡
彬夏"的用法，简直根本就好像没有名字！我说"好像"，因
为那时的女子也未尝没有名字，但在实际上似乎就用不着。

　　像我的母亲，我听见她的娘家的人们叫她做"十六小姐"，
男家大家族里的人们叫她做"十四少奶"，后来我的父亲做官，
人们便叫做"太太"，始终没有用她自己名字的机会！我觉得这
种情形也可以暗示妇女在封建社会里所处的地位。

　　我的母亲在我十三岁的时候就去世了。我生的那一年是在
九月里生的，她死的那一年是在五月里死的，所以我们母子两
人在实际上相聚的时候只有十一年零九个月。我在这篇文里对
于母亲的零星追忆，只是这十一年里的前尘影事。

　　我现在所能记得的最初对于母亲的印象，大约在两三岁的
时候。我记得有一天夜里，我独自一人睡在床上，由梦里醒来，
朦胧中睁开眼睛，模糊中看见由垂着的帐门射进来的微微的灯
光。在这微微的灯光里瞥见一个青年妇人拉开帐门，微笑着把
我抱起来。她嘴里叫我什么，并对我说了什么，现在都记不清
了，只记得她把我负在她的背上，跑到一个灯光灿烂人影幢幢
往来的大客厅里，走来走去"巡阅"着。大概是元宵吧，这大
客厅里除有不少成人谈笑着外，有二三十个孩童提着各色各样

的纸灯，里面燃着蜡烛，三五成群地跑着玩。我此时伏在母亲的背上，半醒半睡似的微张着眼看这个，望那个。那时我的父亲还在和祖父同住，过着"少爷"的生活；父亲有十来个弟兄，有好几个都结了婚，所以这大家族里看着这么多的孩子。母亲也做了这大家族里的一分子。她十五岁就出嫁，十六岁那年养我，这个时候才十七八岁。我由现在追想当时伏在她的背上睡眼惺忪所见着的她的容态，还感觉到她的活泼的欢悦的柔和的青春的美。我生平所见过的女子，我的母亲是最美的一个，就是当时伏在母亲背上的我，也能觉到在那个大客厅里许多妇女里面：没有一个及得到母亲的可爱。我现在想来，大概在我睡在房里的时候，母亲看见许多孩子玩灯热闹，便想起了我，也许蹑手蹑脚到我床前看了好几次，见我醒了，便负我出去一饱眼福。这是我对母亲最初的感觉，虽则在当时的幼稚脑袋里当然不知道什么叫做母爱。

后来祖父年老告退，父亲自己带着家眷在福州做候补官。我当时大概有了五六岁，比我小两岁的二弟已生了。家里除父亲母亲和这个小弟弟外，只有母亲由娘家带来的一个青年女仆，名叫妹仔。"做官"似乎怪好听，但是当时父亲赤手空拳出来做官，家里一贫如洗。

我还记得，父亲一天到晚不在家里，大概是到"官场"里"应酬"去了，家里没有米下锅；妹仔替我们到附近施米给穷人的一个大庙里去领"仓米"，要先在庙前人山人海里面拥挤着领到竹签，然后拿着竹签再从挤得水泄不通的人群中，带着粗布袋挤到里面去领米；母亲在家里横抱着哭涕着的二弟踱来踱去，我在旁坐在一只小椅上呆呆地望着母亲，当时不知道这就是穷的景象，只诧异着母亲的脸何以那样苍白，她那样静寂无语地好像有着满腔无处诉的心事。妹仔和母亲非常亲热，她们竟好像母女，共患难，直到母亲病得将死的时候，她还是不肯离开她，以孝女自居，寝食俱废地照顾着母亲。

母亲喜欢看小说，那些旧小说，她常常把所看的内容讲给妹仔听。她讲得娓娓动听，妹仔听着忽而笑容满面，忽而愁眉双锁。章回的长篇小说一下讲不完，妹仔就很不耐烦地等着母亲再看下去，看后再讲给她听。往往讲到孤女患难，或义妇含冤的凄惨的情形，她两人便都热泪盈眶，泪珠尽往颊上涌流着。那时的我立在旁边瞧着，莫名其妙，心里不明白她们为什么那样无缘无故地挥泪痛哭一顿，和在上面看到穷的景象一样地不明白其所以然。现在想来，才感觉到母亲的情感的丰富，并觉得她的讲故事能那样地感动着妹仔。如果母亲生在现在，有机会把自己造成一个教员，必可成为一个循循善诱的良师。

我六岁的时候，由父亲自己为我"发蒙"，读的是《三字经》，第一天上的课是"人之初，性本善；性相近，习相远"。一点儿莫名其妙！一个人坐在一个小客厅的炕床上"朗诵"了半天，苦不堪言！母亲觉得非请一位"西席"老夫子，总教不好，所以家里虽一贫如洗，情愿节衣缩食，把省下的钱请一位老夫子。说来可笑，第一个请来的这位老夫子，每月束修只需四块大洋（当然供膳宿），虽则这四块大洋，在母亲已是一件很费筹措的事情。我到十岁的时候，读的是"孟子见梁惠王"，教师的每月束修已加到十二元，算增加了三倍。到年底的时候，父亲要"清算"我平日的功课，在夜里亲自听我背书，很严厉，桌上放着一根两指阔的竹板。我的背向着他立着背书，背不出的时候，他提一个字，就叫我回转身来把手掌展放在桌上，他拿起这根竹板很重地打下来。我吃了这一下苦头，痛是血肉的身体所无法避免的感觉，当然失声地哭了，但是还要忍住哭，回过身去再背。不幸又有一处中断，背不下去，经他再提一字，再打一下。呜呜咽咽地背着那位前世冤家的"见梁惠王"的"孟子"！

我自己呜咽着背，同时听得见坐在旁边缝纫着的母亲也唏唏嘘嘘地泪如泉涌地哭着。

我心里知道她见我被打，她也觉得好像刺心的痛苦，和我表着十二分的同情，但她却时时从呜咽着的断断续续的声音里勉强说着"打得好"！她的饮泣吞声，为的是爱她的儿子；勉强硬着头皮说声"打得好"，为的是希望她的儿子上进。由现在看来，这样的教育方法真是野蛮之至！但于我不敢怪我的母亲，因为那个时候就只有这样野蛮的教育法；如今想起母亲见我被打，陪着我一同哭，那样的母爱，仍然使我感念着我的慈爱的母亲。背完了半本"梁惠王"，右手掌打得发肿有半寸高，偷向灯光中一照，通亮，好像满肚子装着已成熟的丝的蚕身一样。母亲含着泪抱我上床，轻轻把被窝盖上，向我额上吻了几吻。

当我八岁的时候，二弟六岁，还有一个妹妹三岁。三个人的衣服鞋袜，没有一件不是母亲自己做的。她还时常收到一些外面的女红来做，所以很忙。我在七八岁时，看见母亲那样辛苦，心里已知道感觉不安。记得有一个夏天的深夜，我忽然从睡梦中醒了起来，因为我的床背就紧接着母亲的床背，所以从帐里望得见母亲独自一人在灯下做鞋底，我心里又想起母亲的劳苦，辗转反侧睡不着，很想起来陪陪母亲。但是小孩子深夜不好好地睡，是要受到大人的责备的，就说是要起来陪陪母亲，一定也要被申斥几句，万不会被准许的（这至少是当时我的心理），于是想出一个借口来试试看，便叫声母亲，说太热睡不着，要起来坐一会儿。出乎我意料的，母亲居然许我起来坐在她的身边。我眼巴巴地望着她额上的汗珠往下流，手上一针不停地做着布鞋——做给我穿的。这时万籁俱寂，只听到滴答的钟声，和可以微闻得到的母亲的呼吸。我心里暗自想念着，为着我要穿鞋，累母亲深夜工作不休，心上感到说不出的歉疚，又感到坐着陪陪母亲，似乎可以减轻些心里的不安成分。当时一肚子里充满着这些心事，却不敢对母亲说出一句。才坐了一会儿，又被母亲赶上床去睡觉，她说小孩子不好好地睡，起来干什么！现在我的母亲不在了，她始终不知道她这个小儿子心里有过这样的一段不敢说出的心理状态。

母亲死的时候才廿九岁，留下了三男三女。在临终的那一夜，她神志非常清楚，忍泪叫着一个一个子女嘱咐一番。她临去最舍不得的就是她这一群的子女。

我的母亲只是一个平凡的母亲，但是我觉得她的可爱的性格，她的努力的精神，她的能干的才具，都埋没在封建社会的一个家族里，都葬送在没有什么意义的事务上，否则她一定可以成为社会上一个更有贡献的分子。我也觉得，像我的母亲这样被埋没葬送掉的女子不知有多少！

朱永新感悟：

这篇文章原名也是《我的母亲》，仍然是选用了文章中的一句话作为选文的标题。虽然作者和母亲在一起的时光只有短短的十一年零九个月，但是英年早逝的母亲，对他的影响是刻骨铭心的。母亲可爱的性格、努力的精神、能干的才具，都深深地影响着他。母亲懂得教育的意义和价值，家里虽然一贫如洗，母亲也情愿节衣缩食，把省下的钱请一位老夫子教孩子。面对父亲的棍棒教育，母亲只能陪着孩子一起哭泣。正如作者所说，他的母亲是平凡的，又是不平凡的。

苏雪林

苏雪林（1897—1999），原名苏小梅，中国现代知名女作家、学者。二十世纪九十年代获亚洲华文作家基金会颁发的资深敬慰奖，被誉为"女性作家中优秀的散文作者"和文坛的常青树。代表作有散文集《绿天》、自传体长篇小说《棘心》、古典文学论著《唐诗概论》等。

母亲的大爱 / 苏雪林

一个人如其不是白痴，不是天生冷酷无情的怪物，他腔子里总还有爱情的存在。爱情必须有寄托的对象，小孩爱情的对象是父母，少年爱情的对象是情人，中年爱情的对象是儿女或者是学问与事业。老年爱情的对象是什么？我还没有到老年，不大知道。既被人挤出生活的舞台，现实中没有他用武之地，只好把希望寄诸渺茫的未来；而且桑榆暮景，为日无多，身后之计，不能不时萦心曲。那么，老年人爱情的对象也许是神和另外一个世界吧。

并非想学舜那样圣人五十而犹孺慕。不过我曾在另一篇文字里说过自己头脑里的松果腺大约出过毛病，所以我的性灵永远不成熟，永远是个孩子。我总想倒在一个人的怀里撒一点娇痴，说几句不负责任的疯话，做几件无意义的令人发笑的嬉戏。我愿意承受一个人对于我疾病的关心，饮食寒暖的注意，真心的抚慰，细意的熨帖，带着爱怜口吻的责备，实心实意为我好处而发的劝规……只有一位慈祥恺悌的慈母对于她的孩子能如此，所以我觉得世界上可爱的人除了母亲更无其他，而我爱情的对象除了母亲，也更无第二个了。

在母子爱的方面，我或者可以说没有什么缺憾。母亲未死之前，我总在她怀里打滚过日子。当时许多痴憨的情景，许多甜蜜的时光，于今回忆起来，都如雨后残花，红消香歇。不过旧作诗词里还保存一二，如20年前所作《灯前》小诗一首：

灯前慈母笑，道比去年长，
底事娇痴态，依然似故常！

又《侍母赴宣城视三弟疾》五古中间一段：

行行抵鹊江，西日在稗霸。
解装憩逆旅，各各了饥渴，

投枕烂漫睡，哪知东方白。

阿娘唤我醒，灯昏眼生缬，

衣衫为我理，头发为我栉；

虽长犹孩痴，母笑且蹙额。

融融母子思，此味甜如蜜，

我愿长孩提，终身依母膝。

这些诗句并不如何好，不过每一念着，慈母的声音笑貌仿佛可以追摹；而自己心坎里也会流出一种甜滋滋的味儿，所以我觉得这几句诗还算我旧作里的精华。

自从慈母弃我去后，我这颗心，就悬空挂起，无所依傍。幸而我实际上虽然没有母亲，我精神上还有一位母亲。这位母亲究竟在哪里，我说不明白，但她的存在，却是无可疑的。她的精灵弥漫整个宇宙里，白云是她的衣衫，蓝天是她的裙幅，窈窕秋星有如她的妙目，弯弯新月便似她的秀眉，夏夜沉黑长空里一闪一闪的电光是她美靥边绽出来的笑。这笑像春日之花，一朵接着一朵，永远开不完。我又在春水里认识她的温柔，阳光中领略她的热爱，磅礴流行的元气里拜倒于她伟大的魄力。这位母亲真有点奇怪，她有无量数的孩子，每个孩子都能得她全心的爱情。一个不为人所注意的孩子的痛苦，也能感动她的心使她流下眼泪。一个最渺小最不足齿数的孩子的吁请，也能获得她的允许和帮忙。她的母爱是无穷无尽的，正如浩瀚际天的海洋，每人汲取一勺都能解渴。而且还得着甘露沁心似的凉爽。

　　我自然是她许多孩子中之一，我却老疑心她对我有所偏私。我在睡梦里，常觉她坐守在我身旁。我病在榻上时觉得她常以温暖的唇印在我的额上。记得有一回，我不知受了什么大刺激，伤心绝望，至于极端，发狂般倒在床上痛哭。假如那时手边有一条绳，我可以立刻将自己挂在门上。一个人在极忧伤的时候，自己收拾自己原很容易的，是不是？当我痛哭的时候，窗外正刮着大风，树木被打得东歪西倒。远远的一株树上我恍惚看见我死去的母亲向我招手；我又恍惚觉得这不是我的母亲，却是我所说的另外一位。她的白衣放射光芒，她的云发丝丝吹散在长风里，她的双臂交抱在胸前，正如一个母亲想着她孩子受难而无法援救因而心头痛楚的模样。这幻象一刹那间就消失了，但是我的痛苦也随之而消失；而且也从此获得新的做人的勇气。因为我知道冥冥中有一位母亲以她的大爱随时羽翼我，保护我；以她的深情蜜意常常吻我，亲我，拥抱我。

　　那幻象的显现，说来真太神秘，也许有人疑心我神经有病，白昼做梦；或者故意呕人开心。是的，朋友，假如你相信我真瞧见什么幻象，你先就是个傻瓜。老实告诉你：我那时并非这么看见着，却是这么感觉着，直言之捉住那幻象的不是肉眼，是灵眼。你读过梭罗古勃《未生者之爱》没有？过于丰富的母爱能够在幻觉里看见她未曾诞育的婴孩并且看见他逐日长大；

我念念不忘我那慈爱的母亲，在深哀极恸之际，恍惚见她显表，那又有什么奇怪。我深信我的母亲常在我身边，直到我最后的一日。

朱永新感悟：

在母亲面前，我们永远是孩子。我们总想回到童年，倒在母亲的怀里"撒一点娇痴，说几句不负责任的疯话，做几件无意义的令人发笑的嬉戏"。母亲带给我们安全感，母亲对我们身体疾病的关心，对我们饮食寒暖的关注，对我们心灵的真心抚慰和细意熨帖，在我们犯错误时"带着爱怜口吻的责备，实心实意为我好处而发的劝规"，总是能够让我们温暖，带给我们前行的力量。作者行云流水的美丽文字，也把我们带到了童年与母亲在一起的时光。

丰子恺

丰子恺（1898—1975），原名丰润，中国现代著名的书画家、文学家、散文家、翻译家，被誉为"现代中国最艺术的艺术家""中国现代漫画鼻祖"。曾任全国政协委员、中国美术家协会上海分会主席、上海文联副主席、上海中国画院院长等职。主要作品有《子恺漫画》《护生画集》《缘缘堂随笔》《缘缘堂再笔》《率真集》等。

母亲眼睛里严肃的光辉 / 丰子恺

中国文化馆要我写一篇《我的母亲》，并寄我母亲的照片一张。照片我有一张四寸的肖像。一向挂在我的书桌的对面。已有放大的挂在堂上，这一张小的不妨送人。但是《我的母亲》一文从何处说起呢？看看我母亲的肖像，想起了母亲的坐姿。母亲生前没有摄影取坐像的照片，但这姿态清楚地摄入在我脑海中的底片上，不过没有晒出。现在就用笔墨代替显形液和定影液，把我的母亲的坐像晒出来吧：

我的母亲坐在我家老屋的西北角里的八仙椅子上，眼睛里发出严肃的光辉，口角上表出慈爱的笑容。

老屋的西北角里的八仙椅子，是母亲的老位子。从我小时候直到她逝世前数月，母亲空下来总是坐在这把椅子上，这是很不舒服的一个座位：我家的老屋是一所三开间的楼厅，右边是我的堂兄家，左边一间是我的堂叔家，中央是没有板壁隔开，只拿在左右的两排八仙椅子当作三份人家的界限。所以母亲坐的椅子，背后凌空。若是沙发椅子，三面有柔软的厚壁，凌空无妨碍。但我家的八仙椅子是木造的，坐板和靠背成九十度角，靠背只是疏疏的几根木条，其高只及人的肩膀。母亲坐着没处搁头，很不安稳。母亲又防椅子的脚摆在泥土上要霉烂，用二三寸高的木座子衬在椅子脚下，因此这只八仙椅子特别高，母亲坐上去两脚须得挂空，很不便利。所谓西北角，就是左边最里面的一只椅子，这椅子的里面就是通过退堂的门。退堂里就是灶间。母亲坐在椅子上向里面顾，可以看见灶头。风从里面吹出的时候，烟灰和油气都吹在母亲身上，很不卫生。堂前隔着三四尺阔的一条天井便是墙门。墙外面便是我们的染坊店。母亲坐在椅子里向外面望，可以看见杂沓往来的顾客，听到沸反盈天的市井声，很不清静。但我的母亲一身坐在我家老屋西北角里的这样不安稳，不便利，不卫生，不清静的一只八仙椅子上，眼睛发出严肃的光辉，口角上表出慈爱的笑容。母亲为什么老是坐在这样不舒服的椅子里呢？因为这位子在我家中最为冲要。母亲坐在这位子里可以顾到灶上，又可以顾到店里。母亲为要兼顾内外，便顾不到座位的安稳不安稳，便利不便利，卫生不卫生，和清静不清静了。

我四岁时，父亲中了举人，同年祖母逝世，父亲丁艰在家，郁郁不乐，以诗酒自娱，不管家事，丁艰终而科举废，父亲就从此隐遁。这期间家事店事，内外都归母亲一个兼理。我从书堂出来，照例走向坐在西北角里的椅子上的母亲的身边，向她讨点东西吃。母亲口角上表出亲爱的笑容，伸手除下挂在椅子头顶的"饿杀猫篮"，拿起饼饵给我吃；同时眼睛里发出严肃的光辉，给我几句勉励。

我九岁的时候，父亲遗下了母亲和我们姐弟六人，薄田数亩和染坊店一间而逝世。我家内外一切责任全部归母亲负担。此后她坐在那椅子上的时间愈加多了。工人们常来坐在里面的凳子上，同母亲谈家事；店伙们常来坐在外面的椅子上，同母亲谈店事；父亲的朋友和亲戚邻人常来坐在对面的椅子上，同母亲交涉或应酬。我从学堂里放假回家，又照例走向西北角椅子边，同母亲讨个铜板。有时这四班人同时来到，使得母亲招架不住，于是她用眼睛的严肃的光辉来命令，警戒，或交涉；同时又用了口角上的慈爱的笑容来劝勉，抚爱，或应酬。当时的我看惯了这种光景，以为母亲是天生成坐在这只椅子上的，而且天生成有四班人向她缠绕不清的。

我十七岁离开母亲，到远方求学。临行的时候，母亲眼睛里发出严肃的光辉，诫我待人接物求学立身的大道；口角上表出慈爱的笑容，关照我起居饮食一切的细事。她给我准备学费，她给我置备行李，她给我制一罐猪油炒米粉，放在我的网篮里；她给我做一个小线板，上面插两只引线放在我的箱子里，然后送我出门。放假归来的时候，我一进店门，就望见母亲坐在西北角里的八仙椅子上。她欢迎我归家，口角上表了慈爱的笑容，她探问我的学业，眼睛里发出严肃的光辉。晚上她亲自上灶，烧些我所爱吃的菜蔬给我吃，灯下她详询我的学校生活，加以勉励，教训，或责备。

我廿二岁毕业后，赴远方服务，不克依居母亲膝下，唯假期归省。每次归家，依然看见母亲坐在西北角里的椅子上，眼睛里发出严肃的光辉，口角上表现出慈爱的笑容。她像贤主一般招待我，又像良师一般教训我。

我三十岁时，弃职归家，读书著述奉母，母亲还是每天坐在西北角里的八仙椅子上，眼睛里发出严肃的光辉，口角上表出慈爱的笑容。只是她的头发已由灰白渐渐转成银白了。

我三十三岁时，母亲逝世。我家老屋西角里的八仙椅子上，从此不再有我母亲坐着了。然而每逢看见这只椅子的时候，脑际一定浮出母亲的坐像——眼睛里发了严肃的光辉，口角上表出慈爱的笑容。她是我的母亲，同时又是我的父亲。她以一身任严父兼慈母之职而训诲我抚养我，我从呱呱坠地的时候直到三十三岁，不，直到现在。陶渊明诗云："昔闻长者言，掩耳每不喜。"我也犯这个毛病；我曾经全部接受了母亲的慈爱，但不会全部接受她的训诲。所以现在我每次想象中瞻望母亲的坐像，对于她口角上的慈爱的笑容觉得十分感谢，对于她眼睛里的严肃的光辉，觉得十分恐惧。这光辉每次给我以深刻的警惕和有力的勉励。

朱永新感悟：

这篇文章原名也是《我的母亲》。我选用了文章中不断出现的一句话"眼睛里的严肃的光辉"作为标题。丰子恺九岁的时候父亲去世。所以，他的母亲承担了严父与慈母的双重角色。在丰子恺的记忆里，母亲的"眼睛里发了严肃的光辉，口角上表出慈爱的笑容。她是我的母亲，同时又是我的父亲"。慈爱的笑容，能够给他温暖和幸福，而严肃的光辉则给他以深刻的警惕和有力的勉励。在中国的许多家庭，尤其是旧式家庭，许多母亲经常是集严父与慈母的角色于一身，给孩子以深刻的影响。

老舍

老舍（1899—1966），本名舒庆春，字舍予。中国现代著名小说家、戏剧家，曾获"人民艺术家"称号。代表作有长篇小说《骆驼祥子》《四世同堂》，中篇小说《月牙儿》，剧本《茶馆》《龙须沟》等，并有 19 卷《老舍文集》传世。

她给我的是生命的教育／老　舍

母亲的娘家是北平德胜门外，土城儿外边，通大钟寺的大路上的一个小村里。村里一共有四五家人家，都姓马。大家都种点不十分肥美的地，但是与我同辈的兄弟们，也有当兵的，做木匠的，做泥水匠的和当巡察的。他们虽然是农家，却养不起牛马，人手不够的时候，妇女便也须下地做活。

对于姥姥家，我只知道上述的一点。外公外婆是什么样子，我就不知道了，因为他们早已去世。至于更远的族系与家史，就更不晓得了；穷人只能顾眼前的衣食，没有功夫谈论什么过去的光荣；"家谱"这字眼，我在幼年就根本没有听说过。

母亲生在农家，所以勤俭诚实，身体也好。这一点事实却极重要，因为假若我没有这样的一位母亲，我以为我恐怕也就要大大地打个折扣了。

母亲出嫁大概是很早，因为我的大姐现在已是六十多岁的老太婆，而我的大外甥女还长我一岁啊。我有三个哥哥，四个姐姐，但能长大成人的，只有大姐、二姐、三姐、三哥与我。我是"老"儿子。生我的时候，母亲已有四十一岁，大姐二姐已都出了阁。

由大姐与二姐所嫁入的家庭来推断，在我生下之前，我的家里，大概还马马虎虎的过得去。那时候定婚讲究门当户对，而大姐丈是做小官的，二姐丈也开过一间酒馆，他们都是相当体面的人。

可是，我，我给家庭带来了不幸：我生下来，母亲晕过去半夜，才睁眼看见她的老儿子——感谢大姐，把我揣在怀中，未冻死。

一岁半，我把父亲"克"死了。

兄不到十岁，三姐十二三岁，我才一岁半，全仗母亲独力抚养了。父亲的寡姐跟我们一块儿住，她喜摸纸牌，她的脾气极坏。为我们的衣食，母亲要给人家洗衣服，缝补或裁缝衣裳。在我的记忆中，她的手终年是鲜红微肿的。白天，她洗衣服，洗一两大绿瓦盆。她做事永远丝毫也不敷衍，就是屠户们送来的黑如铁的布袜，她也给洗得雪白。晚间，她与三姐抱着一盏油灯，还要缝补衣服，一直到半夜。她终年没有休息，可是在忙碌中她还把院子屋中收拾得清清爽爽。桌椅都是旧的，柜门的铜活久已残缺不全，可是她的手老使破桌面上没有尘土，残破的铜活发着光。院中，父亲遗留下的几盆石榴与夹竹桃，永远会得到应有的浇灌与爱护，年年夏天开许多花。

哥哥似乎没有同我玩耍过。有时候，他去读书；有时候，他去学徒；有时候，他也去卖花生或樱桃之类的小东西。母亲含着泪把他送走，不到两天，又含着泪接他回来。我不明白这都是什么事，而只觉得与他很生疏。与母亲相依为命的是我与三姐。因此，她们做事，我老在后面跟着。她们浇花，我也张罗着取水；她们扫地，我就撮土……从这里，我学得了爱花，爱清洁，守秩序。这些习惯至今还被我保存着。

有客人来，无论手中怎么窘，母亲也要设法弄一点东西去款待。舅父与表哥们往往是自己掏钱买酒肉食，这使她脸上羞得飞红，可是殷勤的给他们温酒做面，又给她一些喜悦。遇上亲友家中有喜丧事，母亲必把大褂洗得干干净净，亲自去贺吊——份礼也许只是两吊小钱。到如今如我的好客的习性，还未全改，尽管生活是这么清苦，因为自幼儿看惯了的事情是不易改掉的。

姑母常闹脾气。她单在鸡蛋里找骨头。她是我家中的阎王。直到我入了中学，她才死去，我可是没有看见母亲反抗过。"没受过婆婆的气，还不受大姑子的吗？命当如此！"母亲在非解释一下不足以平服别人的时候，才这样说。是的，命当如此。母亲活到老，穷到老，辛苦到老，全是命当如此。她最会吃亏。给亲友邻居帮忙，她总跑在前面：她会给婴儿洗三——穷朋友们可以因此少花一笔"请姥姥"钱——她会刮痧，她会给孩子们剃头，她会给少妇们绞脸……凡是她能做的，都有求必应。但是吵嘴打架，永远没有她。她宁吃亏，不斗气。当姑母死去的时候，母亲似乎把一世的委屈都哭了出来，一直哭到坟地。不知道哪里来的一位侄子，声称有承继权，母亲便一声不响，教他搬走那些破桌子烂板凳，而且把姑母养的一只肥母鸡也送给他。

可是，母亲并不软弱。父亲死在庚子闹"拳"的那一年。联军入城，挨家搜索财物鸡鸭，我们被搜两次。母亲拉着哥哥与三姐坐在墙根，等着"鬼子"进门，街门是开着的。"鬼子"进门，一刺刀先把老黄狗刺死，而后入室搜索。他们走后，母亲把破衣箱搬起，才发现了我。假若箱子不空，我早就被压死了。皇上跑了，丈夫死了，鬼子来了，满城是血光火焰，可是母亲不怕，她要在刺刀下，饥荒中，保护着儿女。北平有多少变乱啊，有时候兵变了，街市整条地烧起，火团落在我们院中。有时候内战了，城门紧闭，铺店关门，昼夜响着枪炮。这惊恐，这紧张，再加上一家饮食的筹划，儿女安全的顾虑，岂是一个软弱的老寡妇所能受得起的？可是，在这种时候，母亲的心横起来，她不慌不哭，要从无办法中想出办法来。她的泪会往心中落！这点软而硬的个性，也传给了我。我对一切人与事，都取和平的态度，把吃亏看作当然的。但是，在做人上，我有一定的宗旨与基本的法则，什么事都可将就，而不能超过自己划好的界限。我怕见生人，怕办杂事，怕出头露面；但是到了非我去不可的时候，我便不得不去，正像我的母亲。从私塾到小学，到中学，我经历过起码有二十位教师吧，其中有给我很大影响的，也有毫无影响的，但是我的真正的教师，把性格传给我的，是我的母亲。母亲并不识字，她给我的是生命的教育。

　　当我在小学毕了业的时候，亲友一致的愿意我去学手艺，好帮助母亲。我晓得我应当去找饭吃，以减轻母亲的勤劳困苦。可是，我也愿意升学。我偷偷地考入了师范学校——制服，饭食，书籍，宿处，都由学校供给。只有这样，我才敢对母亲提升学的话。入学，要交十元的保证金。这是一笔巨款！母亲做了半个月的难，把这巨款筹到，而后含泪把我送出门去。她不辞劳苦，只要儿子有出息。当我由师范毕业，而被派为小学校校长，母亲与我都一夜不曾合眼。我只说了句："以后，您可以歇一歇了！"她的回答只有一串串的眼泪。我入学之后，三姐结了婚。母亲对儿女是都一样疼爱的，但是假若她也有点偏爱的话，她应当偏爱三姐，因为自父亲死后，家中一切的事情都是母亲和三姐共同撑持的。三姐是母亲的右手。但是母亲知道这右手必须割去，她不能为自己的便利而耽误了女儿的青春。

当花轿来到我们的破门外的时候，母亲的手就和冰一样的凉，脸上没有血色——那是阴历四月，天气很暖。大家都怕她晕过去。可是，她挣扎着，咬着嘴唇，手扶着门框，看花轿徐徐地走去。不久，姑母死了。三姐已出嫁，哥哥不在家，我又住学校，家中只剩母亲自己。她还须自晓至晚的操作，可是终日没人和她说一句话。新年到了，正赶上政府倡用阳历，不许过旧年。除夕，我请了两小时的假。由拥挤不堪的街市回到清炉冷灶的家中。母亲笑了。及至听说我还须回校，她愣住了。半天，她才叹出一口气来。到我该走的时候，她递给我一些花生，"去吧，小子！"街上是那么热闹，我却什么也没看见，泪遮迷了我的眼。今天，泪又遮住了我的眼，又想起当日孤独地过那凄惨的除夕的慈母。可是慈母不会再候盼着我了，她已入了土！

儿女的生命是不依顺着父母所设下的轨道一直前进的，所以老人总免不了伤心。我廿三岁，母亲要我结了婚，我不要。我请来三姐给我说情，老母含泪点了头。我爱母亲，但是我给了她最大的打击。时代使我成为逆子。廿七岁，我上了英国。为了自己，我给六十多岁的老母以第二次打击。在她七十大寿的那一天，我还远在异域。那天，据姐姐们后来告诉我，老太太只喝了两口酒，很早的便睡下。她想念她的幼子，而不便说出来。

七七抗战后，我由济南逃出来。北平又像庚子那年似的被鬼子占据了，可是母亲日夜惦念的幼子却跑西南来。母亲怎样想念我，我可以想象得到，可是我不能回去。每逢接到家信，我总不敢马上拆看，我怕，怕，怕有那不祥的消息。人，即使活到八九十岁，有母亲便可以多少还有点孩子气。失了慈母便像花插在瓶子里，虽然还有色有香，却失去了根。有母亲的人，心里是安定的。我怕，怕，怕家信中带来不好的消息，告诉我已是失了根的花草。

去年一年，我在家信中找不到关于老母的起居情况。我疑虑，害怕。我想象得到，如有不幸，家中念我流亡孤苦，或不忍相告。母亲的生日是在九月，我在八月半写去祝寿的信，算计着会在寿日之前到达。信中嘱咐千万把寿日的详情写来，使我不再疑虑。十二月二十六日，由文化劳军的大会上回来，我接到家信。我不敢拆读。就寝前，我拆开信，母亲已去世一年了！

生命是母亲给我的。我之能长大成人，是母亲的血汗灌养的。我之所以能成为一个不十分坏的人，是母亲感化的。我的性格，习惯，是母亲传给的。她一世未曾享过一天福，临死还吃的是粗粮。唉！还说什么呢？心痛！心痛！

朱永新感悟：

老舍先生的这篇文章，原名还是《我的母亲》，我用文章里的这句话作为选文的标题。这是一篇情深意切的怀念母亲的文字。在老舍的笔下，母亲勤劳诚实，聪明能干，乐于助人，性格柔中带刚。母亲会刮痧，会给孩子们剃头，给少妇们绞脸，"凡是她能做的，都有求必应。但是吵嘴打架，永远没有她。她宁吃亏，不斗气"。老舍说，母亲不仅仅给了他生命，而且实施了真正的生命教育。他的性格、习惯，是母亲传给的。他生命中的一切，都是母亲给予的。

鲁彦

鲁彦（1901—1944），中国现代著名乡土小说家、翻译家。著有《柚子》《旅人的心》《野火》《伤兵医院》《我们的喇叭》等。

母亲的时钟 / 鲁　彦

二十几年前，父亲从外面带了一架时钟给母亲：一尺多高，上圆下方，黑紫色的木框，厚玻璃面，白底黑字的计时盘，盘的中央和边缘镶着金漆的圆圈，底下垂着金漆的钟摆，钉着金漆的铃子，铃子后面的木框上贴着彩色的图画——是一架堂皇而且美丽的时钟。那时这样的时钟在乡里很不容易见到，不但我和姐姐觉得非常稀奇，就连母亲也特别喜欢它。

母亲最先把那时钟摆在床头的小橱上，只允许我们远望，不许我们走近去玩弄。我们爱看那钟摆的晃摇和长针的移动，常常望着望着便忘记了读书和绣花。于是母亲搬了一个座椅，用她的身子挡住我们的视线，说："这是听的，不是看的呀！等一会又要敲了，你们知道自己呆看了多长时间吗？"

我们喜欢听时钟敲响的声音，常常问母亲："还不敲吗，妈？你叫它早点敲吧！"

但是母亲望了一望我们的书本和花绷，冷淡地回答说："到了时候，它自己会敲的。"

钟摆不但会动，还会嘚嘚地响下去，我们常常低低地念着它响的次数。但母亲一看见我们嘴唇的翕动，就生起气来。

"你们发疯了！它一天到晚响着，你们就一天到晚不做事情吗？我把它停了，或是把它送给人家去，免得害你们……"

她虽然这样说，却并没把它停了，也没把它送给人家。她自己也常常去看那钟，天天把它揩得干干净净。

"走路轻一点！不准跳！"她几次对我们说，"震动得厉害，它会停止的。"

真的，母亲自从有了这架时钟以后，她的举动就更加轻了。她到小橱上去拿别的东西的时候，几乎屏住了呼吸。这架时钟开足发条后可以走上一个星期。不知母亲是怎样记得的，每次总在第七天的早晨不待它停止，就去开足发条。

这在我们简直是件苦恼的事情。因为自从有了时钟以后，母亲对我们的监督愈加严了。她什么事情都要按着时间做，甚至规定了早起、晚睡和三餐的时间。

冬天的日子特别短，天亮得迟，黑得早。母亲虽然把我们睡眠的时间略略改动了些，但她自己总是照着平时的时间作息。大冷天，天还未亮，她就起来了。她把早饭煮好，房子收拾干净，拿着火炉来给我们烘衣服，催我们起床。

"立刻要开饭了，不起来就没有饭吃！"她说完话就去预备碗筷。等我们穿好衣服，脸未洗完，她已经把饭菜摆在了桌上。倘若我们不起来，她是决不等待的，我们要一直饿到中午，而且她半天也不理睬我们。

每次她对我们说几点钟的时候，我们几乎都有了恐惧，因为她把我们的一切都用时间来限制，不准我们拖延。我们本来是喜欢那架时钟的，以后却渐渐对它憎恶起来。

"停了也好，坏了也好！"我们常常私下说。但是它从来不停，也从来不坏。

那时钟，到后来几乎代替了母亲的命令。母亲不说话，它就下起命令来。我们正睡得熟，它叮叮地叫着，逼迫我们起床；我们正玩得高兴，它叮叮地叫着，逼迫我们睡觉；我们肚子不饿，它却叫我们吃饭；肚子饿了，它又不叫我们吃饭……我们喜欢的是要快就快、要慢就慢、要走就走、要停就停的时钟。

我呢，自从第一次离开故乡后，也就认识了时钟的价值，知道了它对于人生的重大意义，早已把憎恶它的心思变为喜爱了。我记得第一次回家随身带着的是一只新款的夜明表，喜欢得连半夜醒来也要把它从枕头下拿出来观看一番。

"你看吧，妈，我这只表比你那架旧钟有用多了。"我说着把它放在母亲的衣下，"黑角里也看得见，半夜里也看得见呢！"

但是母亲并不喜欢它，她冷淡地回答说："好玩罢了，并且是哑的。要看谁走得准、走得久呀。"

幸而母亲对我的态度改变了。她把我当作客人似的，每天早晨并不催我起床，也并不自己先吃饭，总是等着我，一直到饭菜冷了再热一遍。她自己是仍按时早起，按时煮饭的，但她不再命令我依从她了。"总要早起早睡。"她偶然也在无意中提醒我，而态度却是和婉的。

然而我始终不能依从她的愿望。我的习惯一年比一年坏了：起得愈来愈迟，睡得也愈来愈迟，一切事情都漫无定时。我先后买过许多表，的确都是不准确，也不耐用的；到后来，索性连这一类表也没用处了。

但母亲依然保留着她那架旧钟。屋子被火烧掉了，她抢出了那架旧钟；几次移居到上海，她都带着那架旧钟。"给你买一架新的吧，旧的不必带到上海去。"我说。母亲摇一摇头说："你们用新的吧，我还是要这架用惯了的。"

到了上海，她首先拿出那架旧钟来，摆在自己的房里，仍是自己管理它。它和海关的钟差不多准确，也不需要修理添油。只是外面的样子渐渐老了：白底黑字的计时盘上起了斑疤，金漆也一块块地剥落了。

去年秋季，母亲最后一次离开了她深爱的故乡。她自知身体衰弱到了极点，临行前对人家说："我怕不能再回来了。上海过老，也好的，全家人在眼前……"这一次她的行李很简单：

一箱子的寿衣，一架时钟。到得上海，她又把那时钟放在她自己的房里。果然从那时起，她起床的时候愈加少了，几乎一天到晚都躺在床上，而且不常醒来。只有天亮和三餐的时间，她还会按时醒来。天气渐渐冷下来，母亲的病也渐渐严重起来，不能再按时去开那架时钟，于是管理它的责任便到了我们的手里。

"要在一定的时候开它。"母亲告诉我们，"停久了，就会坏的。你们且搬它到自己的房里去吧，时时看见它就不会忘记了。"但是在母亲去世前的一个月里，我们忽然发现母亲的时钟有了异样：明明才开足两三天，响声也急促有力，却在我们不注意时停止了。我们起初怀疑是没放平稳，随后以为是因孩子们奔跳时震到了它，可是都不能证实。

不久，姐姐从故乡来了。她听到时钟的变化，便失了色，绝望地摇一摇头，说："妈的病不会好了，这是个不吉利的预兆……""迷信！"我立刻打断了她的话。过了几天，我忽然发现时钟又停止了，是在夜里三点钟。早晨我到楼下去看母亲，听见她说话的声音特别低，问她话老是无力回答。到了下半日，我们都在她床边侍候着，她昏昏沉沉地睡着，很少醒来。我们喊了许久，问她要不要喝水，她微微摇一摇头，非常低声地说："不要喊我……"

我们知道她醒来后会感到身体的痛苦，也就依从了她的话，让她安睡着。这样一直到深夜，我们看她低声哼着，想转身却转不过来，便喂了她一点点汤水，问她怎样。

"比上半夜难过……"她低声回答我们。

我觉得奇怪，怀疑她昏迷了。我想，现在不就是上半夜吗，她怎么当作了下半夜呢？我连忙走到楼上，却又不禁惊讶起来：原来母亲的时钟已经过了一点钟。

我不明白，母亲是怎样听见楼上的钟声的。楼下的房子很高，楼板又有两层。自从她的时钟搬到楼上后，她曾好几次问过我们钟点。前后左右的房子空的很多，贴邻的一家，平常没听见有钟声，附近又没有报时的鸡啼，母亲怎么知道现在到了下半夜呢？是母亲没有忘记时钟吗？是时钟永久跟随着母亲吗？

我想问母亲，但是母亲不再说话了。一点多钟她闭上了眼睛，正是头一天时钟自动静默下来的那个时候。

失却了这样的一位主人，那架古旧的时钟怕是早已感觉到存在的悲苦了吧？唉……

朱永新感悟：

这是一个母亲与时钟的故事，也是一个有趣的家庭教育的故事。因为有了时钟，母亲什么事情都要按着时间做，早起、晚睡和三餐的时间，也都是固定的，过时不候。虽然管得有些刻板，但是对于培养孩子的早睡早起习惯，对于培养孩子守时惜时的时间意识，还是非常有意义的。家庭教育更多的是在生活过程中进行教育，一个生活的细节，有时候胜过许多教育的话语。

季羡林

季羡林（1911—2009），国际著名古文字学家、东方学家、历史学家、语言学家、佛学家、翻译家，北京大学终身教授。曾担任中国科学院哲学社会科学部委员、北京大学副校长、中国社会科学院南亚研究所所长等职。代表作品有《中印文化关系史论丛》《印度古代语言论集》《原始佛教的语言问题》《留德十年》《病榻杂记》《清华园记》等。

赋得永久的悔 / 季羡林

题目是韩小蕙小姐出的，所以名之曰"赋得"。但文章是我心甘情愿作的，所以不是八股。

我为什么心甘情愿作这样一篇文章呢？一言以蔽之，题目出得好，不但实获我心，而且先获我心：我早就想写这样一篇东西了。

我已经到了望九之年。在过去的七八十年中，从乡下到

城里；从国内到国外；从小学、中学、大学到洋研究院；从
"志于学"到超过"从心所欲不逾矩"，曲曲折折，坎坎坷坷。
既走过阳关大道，也走过独木小桥；既经过"山重水复疑
无路"，又看到"柳暗花明又一村"。喜悦与忧伤并驾，失望与
希望齐飞，我的经历可谓多矣。要讲懊悔之事，那是俯拾皆是。
要选其中最深切、最真实、最难忘的悔，也就是永久的悔，那
也是唾手可得，因为它片刻也没有离开过我的心。

　　我这永久的悔就是：不该离开故土，离开母亲。

　　我出生在鲁西北一个极端贫困的村庄里。我们家是贫中之
贫，真可以说是贫无立锥之地。十年浩劫中，我自己跳出来反
对北大那一位倒行逆施但又炙手可热的"老佛爷"，被她视为眼
中钉，必欲除之而后快。她手下的小喽啰们曾两次窜到我的故
土，处心积虑地把我"打"成地主，他们那种狗仗人势穷凶极
恶的教师爷架子，并没有能吓倒我的乡亲。我小时候的一位伙
伴指着他们的鼻子，大声说："如果让整个官庄来诉苦的话，季
羡林家是第一家！"

　　这一句话并没有夸大，他说的是实情。我祖父母早亡，留
下了我父亲等三个兄弟，孤苦伶仃，无依无靠。最小的一叔送
了人。我父亲和九叔饿得没有方法，只好到别人家的枣林里去
捡落到地上的干枣充饥。这当然不是长久之计。最后兄弟俩被
逼背井离乡，盲流到济南去谋生。此时他俩也不过十几二十岁。
在举目无亲的大城市里，必然是经过千辛万苦，九叔在济南落

住了脚。于是我父亲就回到了故土，说是农民，但又无田可耕。又必然是经过千辛万苦，九叔从济南有时寄点钱回家，父亲赖以生活。不知怎么一来，竟然寻上了媳妇，她就是我的母亲。母亲的娘家姓赵，门当户对，她家穷得同我们家差不多，否则也决不会结亲。她家里饭都吃不上，哪里有钱、有闲上学。所以我母亲一个字也不识，活了一辈子，连个名字都没有。她家是在另一个庄上，离我们庄五里路。这个五里路就是我母亲毕生所走的最长的距离。

北京大学那一位"老佛爷"要"打"成"地主"的人，也就是我，就出生在这样一个家庭里，就有这样一位母亲。

后来我听说，我们家确实也"阔"过一阵。大概在清末民初，九叔在东三省用口袋里剩下的最后五角钱，买了十分之一的湖北水灾奖券，中了奖。兄弟俩商量，要"富贵而归故土"，回家扬一下眉，吐一下气。于是把钱运回家，九叔仍然留在城里，乡里的事由父亲一手张罗，他用荒唐离奇的价钱，买了砖瓦，盖了房子。又用荒唐离奇的价钱，置了一块带一口水井的田地。一时兴会淋漓，真正扬眉吐气了。可惜好景不长，我父亲又用荒唐离奇的方式，仿佛宋江一样，豁达大度，招待四方朋友。一转瞬间，盖成的瓦房又拆了卖砖、卖瓦。有水井的田地也改变了主人。全家又回归到原来的情况。我就是在这个时候，在这样的情况下降生到人间来的。

母亲当然亲身经历了这个巨大的变化。可惜，当我同母亲住在一起的时候，我只有几岁，告诉我，我也不懂。所以，我们家这一次陡然上升，又陡然下降，只像是昙花一现，我到现在也不完全明白。这谜恐怕要成为永恒的谜了。

不管怎样，我们家又恢复到从前那种穷困的情况。后来听人说，我们家那时只有半亩多地。这半亩多地是怎么来的，我也不清楚。一家三口人就靠这半亩多地生活。城里的九叔当然还会给点接济，然而像中湖北水灾奖那样的事儿，一辈子有一次也不算少了。九叔没有多少钱接济他的哥哥了。

家里日子是怎样过的，我年龄太小，说不清楚。反正吃得极坏，这个我是懂得的。按照当时的标准，吃"白的"（指麦子面）最高，其次是吃小米面或棒子面饼子，最次是吃红高粱饼子，颜色是红的，像猪肝一样。"白的"与我们家无缘。"黄的"（小米面或棒子面饼子颜色都是黄的）与我们缘分也不大。终日为伍者只有"红的"。这"红的"又苦又涩，真是难以下咽。但不吃又害饿，我真有点谈"红"色变了。

但是，小孩子也有小孩子的方法。我祖父的堂兄是一个举人，他的夫人我喊她奶奶。他们这一支是有钱有地的。虽然举人死了，但家境依然很好。我这一位大奶奶仍然健在。她的亲孙子早亡，所以把全部的钟爱都倾注到我身上来。她是整个官庄能够吃"白的"的仅有的几个人中之一。她不但自己吃，而且每天都给我留出半个或者四分之一个白面馍馍来。我每天早晨一睁眼，立即跳下炕来向村里跑，我们家住在村外。我跑到大奶奶跟前，清脆甜美地喊上一声："奶奶！"她立即笑得合不上嘴，把手缩回到肥大的袖子，从口袋里掏出一小块馍馍，递给我，这是我一天最幸福的时刻。

此外，我也偶尔能够吃一点"白的"，这是我自己用劳动换来的。一到夏天麦收季节，我们家根本没有什么麦子可收。对门住的宁家大婶子和大姑——她们家也穷得够呛——就带我到本村或外村富人的地里去"拾麦子"。所谓"拾麦子"就是别家的长工割过麦子，总还会剩下那么一点点麦穗，这些都是不值得一捡的，我们这些穷人就来"拾"。因为剩下的决不会多，我们拾上半天，也不过拾半篮子，然而对我们来说，这已经是如获至宝了。一定是大婶和大姑对我特别照顾，以一个四五岁、五六岁的孩子，拾上一个夏天，也能拾上十斤八斤麦粒。这些都是母亲亲手搓出来的。为了对我加以奖励，麦季过后，母亲便把麦子磨成面，蒸成馍馍，或贴成白面饼子，让我解馋。我于是就大快朵颐了。

记得有一年，我拾麦子的成绩也许是有点"超常"。到了中秋节——农民嘴里叫"八月十五"——母亲不知从哪里弄了点月饼，给我掰了一块，我就蹲在一块石头旁边，大吃起来。在当时，对我来说，月饼可真是神奇的东西，龙肝凤髓也难以比得上的，我难得吃一次。我当时并没有注意，母亲是否也在吃。现在回想起来，她根本一口也没有吃。不但是月饼，连其他"白的"，母亲从来都没有尝过，都留给我吃了。她大概是毕生就与红色的高粱饼子为伍。到了歉年，连这个也吃不上，那就只有吃野菜了。

至于肉类，吃的回忆似乎是一片空白。我老娘家隔壁是一家卖煮牛肉的作坊。给农民劳苦耕耘了一辈子的老黄牛，到了老年，耕不动了，几个农民便以极其低的价钱买来，用极其野蛮的方法杀死，把肉煮烂，然后卖掉。老牛肉难煮，实在没有方法，农民就在肉锅里小便一通，这样肉就好烂了。农民心肠好，有了这种情况，就昭告四邻："今天的肉你们别买！"老娘家穷，虽然极其疼爱我这个外孙，也只能用土罐子，花几个制钱，装一罐子牛肉汤，聊胜于无。记得有一次，罐子里多了一块牛肚子，这就成了我的专利。我舍不得一气吃掉，就用生了锈的小铁刀，一块一块地割着吃，慢慢地吃。这一块牛肚真可以同月饼媲美了。

"白的"、月饼和牛肚难得，"黄的"怎样呢？"黄的"也同样难得。但是，尽管我只有几岁，我却也想出了方法。到了春、夏、秋三个季节，庄外的草和庄稼都长起来了。我就到庄外去割草，或者到人家高粱地里去劈高粱叶。劈高粱叶，田主不但不禁止，而且还欢送；因为叶子一劈，通风情况就能改良，高粱长得就能更好，粮食打得就能更多。草和高粱叶都是喂牛用的。我们家穷，从来没有养过牛。我二大爷家是有地的，经常养着两头大牛。我这草和高粱叶就是给它们准备的。每当我这个不到三块豆腐高的孩子背着一大捆草或高粱叶走进二大爷的大门，我心里有所恃而不恐，把草放在牛圈里，赖着不走，总能蹭上一顿"黄的"吃，不会被二大娘"卷"（我们那里的土话，意思是"骂"）出来。到了过年的时候，自己心里觉得，在过去的一年里，自己喂牛立了功，又有了勇气到二大爷家里赖着吃黄面糕。黄面糕是用黄米面加上枣蒸成的。颜色虽黄，却位列"白的"之上，因为一年只在过年时吃一次，物以稀为贵，于是黄面糕就贵了起来。

我上面讲的全是吃的东西。为什么一讲到母亲就讲起吃的东西来了呢？原因并不复杂。第一，我作为一个孩子容易关心吃的东西。第二，所有我在上面提到的好吃的东西，几乎都与母亲无缘。除了"黄的"以外，其余她都不沾边儿。我在她身边只待到六岁，以后两次奔丧回家，待的时间也很短。现在我回忆起来，连母亲的面影都是迷离模糊的，没有一个清晰的轮廓。特别有一点，让我难解而又易解：我无论如何也回忆不起母亲的笑容来，她好似是一辈子都没有笑过。家境贫困，儿子远离，她受尽了苦难，笑容从何而来呢？有一次我回家听对面的宁大婶子告诉我说："你娘经常说：'早知道送出去回不来，我无论如何也不会放他走的！'"简短的一句话里面含着多少辛酸、多少悲伤啊！母亲不知有多少日日夜夜，眼望远方，盼望自己的儿子回来啊！然而这个儿子却始终没有归去，一直到母亲离开这个世界。

对于这个情况，我最初懵懵懂懂，理解得并不深刻。到上了高中的时候，自己大了几岁，逐渐理解了。但是自己寄人篱下，经济不能独立，空有雄心壮志，怎奈无法实现，我暗暗地下定了决心，立下了誓愿：一旦大学毕业，自己找到工作，立即迎养母亲，然而没有等到我大学毕业，母亲就离开我走了，永远永远地走了。古人说："树欲静而风不止，子欲养而亲不待"，这话正应到我身上。我不忍想象母亲临终思念爱子的情况；一想到，我就会心肝俱裂，眼泪盈眶。当我从北平赶回济南，又从济南赶回清平奔丧的时候，看到了母亲的棺材，看到那简陋的屋子，我真想一头撞死在棺材上，随母亲于地下。我懊悔，我真懊悔，我千不该万不该离开了母亲。世界上无论什么名誉，什么地位，什么幸福，什么尊荣，都比不上待在母亲身边，即使她一个字也不识，即使整天吃"红的"。

这就是我的"永久的悔"。

朱永新感悟：

季羡林先生写过好几篇纪念母亲的文字，如《我的母亲》《一双长满老茧的手》等。这些文章虽然没有详细介绍母亲如何培养、教育他的故事，但是我们看到了一个慈祥、善良、勤劳、坚韧的母亲形象。季羡林先生的母亲虽然"一个字也不识，活了一辈子，连个名字都没有"，但是她把全部的爱都给了孩子。离开故土，离开母亲，成为季羡林先生"永久的悔"，而不能够看到自己的孩子厮守在身边，也是他母亲永远的痛。

琦君

琦君（1917—2006），中国台湾当代作家、散文家。主要著作有《青灯有味似儿时》《三更有梦书当枕》《桂花雨》《橘子红了》等。

母亲的书 / 琦　君

母亲在忙完一天的煮饭、洗衣、喂猪、鸡、鸭之后，就会喊着我说："小春呀，去把妈的书拿来。"

我就会问："哪本书呀？"

"那本橡皮纸的。"

我就知道妈妈今儿晚上心里高兴，要在书房里陪伴我，就着一盏菜油灯光，给爸爸绣拖鞋面了。

橡皮纸的书上没有一个字，实在是一本"无字天书"。里面夹的是红红绿绿彩色缤纷的丝线，白纸剪的朵朵花样。还有外婆给母亲绣的一双水绿缎子鞋面，没有做成鞋子，母亲就这么一直夹在书里，夹了将近十年。外婆早过世了，水绿缎子上绣的樱桃仍旧鲜红得可以摘来吃似的。一对小小的喜鹊，一只张着嘴，一只合着嘴。母亲告诉过我，那只张着嘴的是公的，合着嘴的是母的。喜鹊也跟人一样，男女性格有别。母亲每回翻开书，总先翻到夹得最厚的一页。对着一双喜鹊端详老半天，嘴角似笑非笑，眼神定定的，像在专心欣赏，又像在想什么心事。然后再翻到另一页，用心地选出丝线，绣起花来。好像这双鞋面上的喜鹊樱桃，是母亲永久的样本，她心里什么图案和颜色，都仿佛从这上面变化出来的。

　　母亲为什么叫这本书为橡皮纸书呢？是因为书页的纸张又厚又硬，像树皮的颜色，也不知是什么材料做的，非常的坚韧，再怎么翻也不会撕破，又可以防潮湿。母亲就给它一个新式的名称——橡皮纸。其实是一种非常古老的纸，是太外婆亲手裁订起来给外婆，外婆再传给母亲的。书页是双层对折，中间的夹层里，有时成为母亲心中的至宝，那就是父亲从北平的来信，这才是"无字天书"中真正的"书"了。母亲当着我，从不抽出来重读，直到花儿绣累了，菜油灯花也微弱了，我背《论语》《孟子》背得伏在书桌上睡着了，她就会悄悄地抽出信来，和父亲隔着千山万水，低诉知心话。

　　还有一本母亲喜爱的书，也是我记忆中非常深刻的，那就是怵目惊心的《十殿阎王》。粗糙的黄标纸上，印着简单的图画。是阴间十座阎王殿里，面目狰狞的阎王，牛头马面，以及形形色色的鬼魂。依着他们在世为人的善恶，接受不同的奖赏与惩罚。惩罚的方式最恐怖，有上尖刀山，落油锅，被猛兽追扑，等等。然后从一个圆圆的轮回中转出来，有升为大官或大富翁的，有变为乞丐的，也有降为猪狗、鸡鸭、蚊蝇的。母亲对这些图画好像百看不厌，有时指着它对我说："阴间与阳间的隔离，就只在一口气。活着还有这口气，就要做好人，行好事。"母亲常爱说的一句话是："不要扯谎，小心拔舌耕犁啊。""拔舌耕犁"也是这本书里的一幅图画，画着一个披头散发女鬼，舌头被拉出来，刺一个窟窿，套着犁头由牛拉着耕田，是对说谎者最重的惩罚。所以她常拿来警告人。外公说十殿阎王是人心里想出来的，所以天堂与地狱都在人心中。但因果报应是一定有的，佛经上说得明明白白的啰。

　　母亲生活上离不了手的另一本书是黄历。她在床头小几抽屉里，厨房碗橱抽屉里，都各放一本，随时取出来翻查，看今天是什么样的日子。日子的好坏，对母亲来说是太重要了。她万事细小，什么事都要图个吉利。买猪仔，修理牛栏猪栓，插秧、割稻都要拣好日子。腊月里做酒蒸糕更不用说了。只有母鸡孵出一窝小鸡来，由不得她拣在哪一天，但她也要看一下黄历。如果逢上大吉大利的好日子，她就好高兴，想着这一窝鸡就会一帆风顺地长大，如果不巧是个不太好的日子，她就会叫我格外当心走路，别踩到小鸡，在天井里要提防老鹰攫去。有一次，一只大老鹰飞扑下来，母亲放下锅铲，奔出来赶老鹰，还是被衔走了一只小鸡。母亲跑得太急，一不小心，脚踩着一只小鸡，把它的小翅膀踩断了。小鸡叫得好凄惨，母鸡在我们身边团团转，咯咯咯的悲鸣。母亲身子一歪，还差点摔了一跤。我扶她坐在长凳上，她手掌心里捧着受伤的小鸡，又后悔不该踩到它，又心痛被老鹰衔走的小鸡，眼泪一直地流，我也要哭了。因为小鸡身上全是血，那情形实在悲惨。外公赶忙倒点麻油，抹在它的伤口上，可怜的小鸡，叫声越来越微弱，终于停止了。母亲边抹眼泪边念往生咒，外公说："这样也好，六道轮回，这只小鸡已经又转过一道，孽也早一点偿清，可以早点转世为人了。"我又想起《十殿阎王》里那张图画，小小心灵里，忽然感觉到人生一切不能自主的悲哀。

黄历上一年二十四个节气，母亲背得滚瓜烂熟。每次翻开黄历，要查眼前这个节气在哪一天，她总是从头念起，一直念到当月的那个节气为止。我也跟着背："正月立春、雨水，二月惊蛰、春分，三月清明、谷雨……"但每回念到八月的白露、秋分时，不知为什么，心里总有一丝凄凄凉凉的感觉。小小年纪，就兴起"一年容易又秋风"的慨叹。也许是因为八月里有个中秋节，诗里面形容中秋月亮的句子那么多的缘故。中秋节是应当全家团圆的，而一年盼一年，父亲和大哥总是在北平迟迟不归。还有老师教过我《诗经》里的《蒹葭》篇："蒹葭苍苍，白露为霜。所谓伊人，在水一方。溯回从之，道阻且长。溯游从之，宛在水中央。"我当时觉得"宛在水中央"不大懂，而且有点滑稽。最喜欢的是头两句。"白露为霜"使我联想起"鬓边霜"，老师教过我那是比喻白发。我时常抬头看一下母亲的额角，是否已有"鬓边霜"了。

　　母亲当然还有其他好多书，像《花名宝卷》《本草纲目》《绘图列女传》《心经》《弥陀经》等经书。她最最恭敬的当然是《佛经》。每天点了香烛，跪在蒲团上念经。一页一页地翻过去，有时一卷都念完了，也没看她翻，原来她早已会背了。我坐在经堂左角的书桌边，专心致志地听她念经，音调忽高忽低，忽慢忽快，却是每一个字念得清清楚楚、正正确确。看她闭目凝神的那份虔诚，我也静静地坐着一动不动。念完最后一卷经，她还要再念一段像结语那样的几句。最末两句是"四十八愿度众身，九品咸令登彼岸"。念完这两句，母亲宁静的脸上浮起微笑，仿佛已经度了终身，登了彼岸了。我望着烛光摇曳，炉烟缭绕，觉得母女二人在空空荡荡的经堂里，总有点冷冷清清。

　　《本草纲目》是母亲做学问的书，那里面那么多木字旁、草字头的字，母亲实在也认不得几个。但她总把它端端正正摆在床头几上，偶然翻一阵，说来也头头是道。其实都是外公这位山乡郎中口头传授给她的，母亲只知道出典都在这本书里就是了。

　　母亲没有正式认过字，读过书，但在我心中，她却是博古通今的。

朱永新感悟：

　　爱读书的母亲，一定会培养出爱读书的孩子。

　　作者的母亲虽然没有正式认过字、读过书，但在他心中，母亲却是博古通今的。母亲读的书，虽然只是黄历、《本草纲目》，只是橡皮纸的"无字天书"，只是《花名宝卷》《本草纲目》《十殿阎王》《绘图列女传》《心经》《弥陀经》以及她最最恭敬的《佛经》，但从母亲读这些书的神情，对这些书的态度，就足以塑造出一个小小的书迷。

**秦
牧**

秦牧（1919—1992），中国当代著名散文家。曾担任《羊城晚报》副总编辑、《作品》杂志主编、广东省文联副主席、中国作协广东分会副主席。出版《贝壳集》《长河浪花集》《花城》《艺海拾贝》等多部散文集。

梦里依稀慈母泪／秦　牧

有一位我所敬爱的长者——杜国庠同志（哲学家，曾任中国科学院广东分院院长），生前曾经这样对我说过："母亲是最值得怀念的。一个人能够长大，一般来说，主要靠母亲。母亲们含辛茹苦，在养育孩子上的功劳，是一般做父亲的难以比拟的。"他这番话，我很有同感。我还记得杜老早年用过的一个笔名，就叫做"念慈"。

大概也就是由于这样的缘故吧！世间人们所写的怀念母亲的文章，比怀念父亲的要多得多。有时，我也很想写一篇。但人的感情是很奇特的，对于太熟悉，太亲切的人，提起笔来，思潮如涌，有时反而有一种"欲说还休"的感情。我经常怀念我的母亲，但是多年来却始终没有写成什么文章。

最近，因为有所感触的缘故，终于下决心要写一篇了。

我的父亲原本是乡间的一个裁缝，后来漂洋过海，浪迹南洋各地，当了资方代理人，成为新加坡一间米行的经理；但是最后又破了产，摒挡回国。在他比较有钱的时候，他娶了三个妻子（按照旧的传统说法，是一妻二妾），我的生母和三母，都是"妾"。她们两人有一些相同的命运，小时候都当过婢女，长大了都做"妾"。

在旧社会生活过，或者读过《红楼梦》之类小说的人，都知道婢女、丫头（在广东又有"赤脚""妹仔"之类的别称）是怎么一回事。旧时代，贫苦人家（大抵是农民，自然也有少量城市贫民），在穷得无以为生的时候，就把女儿卖给大户人家当婢女。如果是在哀鸿遍野的旱涝凶年，有些地方还会出现"人市"，成群女孩子被插上"草标"，作为贩卖的标志。平常年景，贩卖就是零星地进行的了。每当一户农家穷得生活不下去的时候。"中人"就上门了，把他们的十岁左右的女孩子带给大户人家看看，那些地主绅商们的女眷就出来评头品足。凡是相貌标致的，身体健壮的，价钱就多一点。因为等到这些婢女长大的时候，转卖出手时价钱也可以相应高些。凡是相貌差的，身体弱的，脸上受过伤，"破了相"的，或者"流年八字"不好的，价钱就给压低了。被卖的女孩子一过门以后，往往就给改了名字，什么春兰、夏莲、秋桂、冬梅之类就是。有些穷家女孩子被卖断以后，父母要来探视她们都很困难。有的大户人家根本不让进门。有的穷父母三两年来一趟，还得拿红桌裙围着身子，才算"辟了邪"，准许走进"花巷"（就是从侧门进去的地方）和女儿短暂聚一聚。好些婢女的卖身契，还有写着"凭中说合，一卖千休""倘有落水夭亡，各安天命"的。婢女买卖，实际上可以说是古老的奴隶制社会的残余。

我的生母叫做吴琼英，三母叫做余瑞瑜。这自然都是后来起的名字，她们做丫头时的名字，生母叫做"莲香"，三母叫做"绿霞"。因此，我从小听到的关于丫头生活的故事特别多，她们告诉我，有些丫头被养主鞭打，每天早上到河边洗衣的时候，常常各自揭开衣袖裤管，彼此出示伤痕。有的丫头由于吃不饱，竟偷生米，捉盐蛇吃。有的丫头晚上给"老奶奶""少奶奶"捶腰的时候，由于太疲倦了，打着瞌睡，竟给那些老奶奶、少奶奶一脚踢下床来。我的三母亲告诉我，有一户人家，一个少爷为了寻开心，晚上特意支使一个丫头上镇买东西，他自己则扮神扮鬼，装成活无常的样子，头上戴着高帽，脖子上挂着冥锣，还画黑了脸，躲在暗处，当丫头走进暗巷的时候，他大喝一声闯了出来，竟把那个丫头吓得瘫倒在地，最后不治身死。

但是，我的这两个母亲很少谈及自己的婢女生涯。上面提到的那些事情，大抵是她们的同伴或者附近人家的。不过，她们自己的生涯，不待说，也是相当凄苦的。

读者们大概会这样想：我在这里记叙的主要是我的生母的事迹，但实际不然，我虽则也会谈谈我的生母，但主要部分却是谈我的三母。她给我的印象，比生母给我的还要深。

我的这两位母亲，由于少年时代都曾经度过艰难竭蹶的生活，长成后健康都很差。我的生身母亲吴琼英患有肺病，在我八九岁的时候就逝世了。她生前，对待儿女十分严格，操持家务井井有条。她常常把少年时代的悲苦生活告诉我们兄弟姊妹，要我们立志向上，同情穷人。她长期受疾病的折磨，曾有一个夜里企图悬梁自尽，解除痛苦，被我的弟弟发现，弟弟号叫起来，全家人都惊醒了，她这才被父亲从绳套里救了下来。但是不久她就因病重逝世了。我们兄弟姊妹围着她的遗体哭泣，她的眼角竟然渗出了泪水，这事情给我们的印象当然非常深刻。当时我完全不能理解这是什么原因，到了长大以后，我才知道人刚刚死亡的时候，并不是全身的器官同时死亡的，有的器官还保持着一定的机能，所以一个人刚咽气的时候，并非任何器官对外界的影响都毫无反应。

生身的母亲死后，三母亲就从乡间远涉重洋前来照顾我们了（原本和大母亲一同住在乡下）。前此，我的生母在世的时候，她也曾经到新加坡来小住过，相处也还融洽，我们都认识她。按当时的习俗，我们叫她"三姐"。因为照封建社会的规矩，儿女们对父亲的妾侍，丫头出身的母亲只称为"姐"（生母例外）。这规矩，到了多年以后，我们才不管三七二十一,把它破除了,改口称她为"三姨"。但是,直到如今,我的叔伯兄弟提起她时仍然称呼为"三姐",这样的称呼使我异常厌恶。似乎一个女人只要是丫头出身的,一辈子都要低人三分。封建习俗的残余在中国的确是相当严重的。

三姨自己没有生儿育女,而我的生母却养下了七个男女。当她来到新加坡我们这个海外的家,照料我们的时候,她才三十多岁,照现在的标准来说,还是个"女青年"呢!但是她已经要挑起教养七个不是自己所生的孩子的责任了。

她的身子一直都很瘦弱,体重从来没有超过一百斤。而且,她又有昏眩病,每当发作起来,就脸色铁青,咬紧牙关,不省人事。要旁人撬开她的嘴巴,灌下药去,才逐渐苏醒。但是在她能够下床走动的时候,就总是很勤劳地操持家务。她,一个婢女出身的人,当然没有受过什么学校以至私塾的教育,然而依靠自己随处留心,居然也认识一些字,可以看懂普遍的书信和便条,只是不能书写而已。

我小的时候异常顽皮,是兄弟姊妹中受父母惩罚最多的一个。在学校被老师打,回到家里被父母打,因此常常遍体鳞伤,鞭痕像大蚯蚓似的遍布在小腿大腿上。这些鞭痕,有些是三姨给我的,但是她打我厉害的程度,并没有超过我的生身母亲。由于我比较倔强和调皮的缘故,有时她打我,我也打她,(那时我大概十岁的样子)两个人像走马灯团团转地扭打着。照一般人的看法,这样的非亲生的母子关系,以后发展下去一定很糟

糕了。但是事实不然，到我长大以后，我们母子关系是相当好
的原因是：三姨既有严格的一面，也有慈爱的一面。例如，当
事过境迁以后，她有时就噙着泪水给我的伤口涂药。即使是小
孩子，对于大人的善意或者恶意，也是常常有很好的判断力的。
在当时，她可能认为"打"是最好的教育方法之一了。

在这么一个家庭里，管这么一大群孩子，真不是一件简单
的事。我的大哥患肺病，常常需要煎药照料。我的小妹妹由于
是在我母亲病重时产下的，先天不足，孱弱爱哭，三姨在她身
上特别花费了巨大的心力。我的小妹妹后来和她的感情极好。

我的父亲是一个豪迈好学的商人，足迹踏遍南洋各地。到
过好些国家，很爱读书。但是他酗酒成性，每当酒醉后回家，
常常大吵大闹。有时也对三姨乱发脾气，这样的场面出现了多
次。在这种场合，我们总是把同情放在三姨一边。一个人在小
时候的境遇，对他以后一生的发展的确很有关系，由于对父亲
酗酒的反感，我长大以后，竟成为一个不会喝酒的人，一杯白
酒就足以使我醉倒。

当父亲破了产之后，我们的日子就很不好过了。不久他摒
挡一切回国，除大哥在一间酒店工作，大姊已经出嫁，留在新
加坡外，我们都被带回"唐山"乡下。这时我们家境大不如前，
我念书的学费，有的是三姨拿出她的私蓄来供应的。事情隔了
几十年，有些场面我还记得很清楚，那就是：每当夜读时，她
拭亮了灯筒，为我点火的场面；我上床之后，她用蚊灯细细照

蚊子的场面；以及她从柜子里取出一些小小的金饰，瘦弱的手拿着厘秤，称着重量，给我作为学费的情景。

那时我们的家境很困难，她拿出这些仅有的微小金饰，是大不容易的。她常常织网换取微薄的收入，补充生活。织网所得异常微小，大概是一千网眼才三两个铜板吧。网店在这宗生意上进行了惊人的剥削。夜里，每当我在灯下读书的时候，听到三姨一针一针织网的声音，常有一种心碎的感情。

有一次，我患上严重的皮肤病，手上、腿上，生了许多疥疮。三姨耐心地为我洗涤、涂药。那时，我虽然只是十三四岁的少年，也很过意不去。心想："将来我长大了，一定要很好报答她。"

少年时代的心愿，到我长大以后，总算在若干程度上实现了。抗战期间颠沛流离，经常穷困不堪，和家乡的通讯联系也断绝了，那段时间除外；抗战胜利以后，我几乎有三十年的时间，每月拿到工资，第一件事就是给三姨汇寄生活费，并曾专程好几次回家探望她。一九七一年那一次，十年动乱期间，我在九死一生之后，回乡看她。离别时我在巷里走了几十步，看到她不在大门旁，又折回家里看她一次，见到她为伤别之情所折磨，哭倒在床上。我想到这可能是最后一面，平时极少哭泣的我，眼眶也发热了。过了几年，她终于逝世，我为此悒悒郁郁地过了好些日子。

三姨给我的印象，比生母给我的还要深得多。解放前，她知道我和革命生活多少有些关系，并没有阻拦我，只是叮嘱我要小心而已。

"精诚所至，金石为开。"不是亲生，也可以建立起真挚的母子之情的。

我们这一家，也是一个例子。

现在，和睦亲爱的家庭很多。但是，吵吵闹闹，几无宁日的家庭也不是很少。有些人对于同处一个家庭的非亲生孩子，即配偶以前和别人所生的子女，一点爱心都没有，以至于水火不能相容。有些人对于继母继父，也视同仇敌。更有些人，被极端个人主义所支配和腐蚀，连对自己的生身父母，也冷冷淡淡，甚至横加虐待。每当看到这些事情时，我就感触很多，甚至十分愤慨。我写出上面这些事情，不仅是抒发我个人缅念三姨之情。同时，也想让人们知道，不是血缘关系的父母和子女之间，也是可以建立起深厚的感情的。

爱是生活中的暖流，我们的生活不能缺乏爱。但是一个人要得到别人真正的爱，首先要懂得怎样去爱人。社会主义的精神文明，比这个又有更高更高的要求了。

朱永新感悟：

散文家秦牧在这篇文章中讲述了自己两位母亲的故事。他的生母和三母都是"丫头"出身。生母对待儿女十分严格，操持家务井井有条，常常把自己少年时代的悲苦生活告诉孩子，让其立志向上，同情穷人。三母在母亲去世后接过养育的重任，同样严格而慈爱。秦牧的故事告诉我们：爱是生活中的暖流，"不是亲生，也可以建立起真挚的母子之情"。

吴冠中

吴冠中（1919—2010），当代著名画家、油画家、美术教育家。油画代表作有《长江三峡》《北国风光》《小鸟天堂》《黄山松》《鲁迅的故乡》等，个人文集有《吴冠中谈艺集》《吴冠中散文选》《美丑缘》等十余种。

母亲那双审美的慧眼／吴冠中

我的母亲是大家闺秀，换句话说，出身于地主家庭。但她是文盲，缠过小脚，后来中途不缠了，于是她的脚半大不小，当时被称为改良脚。

富家女母亲却下嫁了穷后生，即我的父亲。其实我的父亲也识字不多，兼种地，但与只能干农活的乡里人比他显得优越而能干，乡里人都称他先生。听母亲说，是我的外公，即她的父亲做主选定的女婿。我不知道外公，但外公抱过童年的我，说我的耳朵大，将来有出息。外公选穷女婿，看来他是一位开明人士，他的两个儿子，即我的舅舅，各分了大量田产，一个抽大烟，一个做生意，后来都破落了。

我对母亲的最早记忆是吃她的奶，我是长子，她特别偏爱，亲自喂奶喂到四岁多。以后她连续生孩子，自己没有了奶，只能找奶妈，我是她惟一自己喂奶的儿子，所以特别宠爱。宠爱而至偏爱，在弟妹群中我地位突出，但她毫不在乎弟妹们的不满或邻里的批评。她固执，一向自以为是，从不掩饰她自己的好恶，而且标榜自己的好恶。

母亲性子急，事事要求称心如意，因此经常挑剔父亲，发脾气。父亲特别节省，买布料什物总是刚刚够数，决不富余，母亲便骂他穷鬼，穷鬼。父亲说幸好她不识字，如识了字便了不得。但他们从来没动手打架，相安度日。我幼小的时候，父亲到无锡玉祁乡镇小学教书，只寒暑假回来，母亲独自操持家务，那时她三十来岁吧，现在想起来，她的青春是在寂寞中流逝了的，但没有一点绯闻。绯闻，在农村也时有所闻，母亲以她大家闺秀的出身对绯闻极鄙视。父亲刻苦老实，更谈不上拈花惹草，父母是一对诚信的苦夫妻，但没有显示爱情，他们志同道合为一群儿女做牛马。

母亲选的衣料总很好看，她善于搭配颜色。姑嫂妯娌们做新衣听她的主意，表姐们出嫁前住到我们家由母亲教绣花。她利用各色零碎毛线给我织过一件杂色的毛衣，织了拆，拆了织，经过无数次编织，终于织成了别致美观的毛衣，我的第一件毛衣就是她用尽心思的一种艺术制作。她确有审美天赋，她是文盲，却非美盲。父亲只求实效，不讲究好看不好看，他没有母亲那双审美的慧眼。

上帝给女人的惩罚集中到母亲一身：怀孕。她生过 9 个孩子，用土法打过二次胎，她的健康就这样被摧毁了。她长年卧床，不断服汤药，因为母亲的病，父亲便不再去无锡教书，他在家围起母亲的围裙洗菜、做饭、喂猪，当门外来人有事高叫"吴先生！"时，他匆促解下围裙以"先生"的身份出门见客。从高小开始我便在校寄宿，假日回家，母亲便要亲自起来给我做好吃的，倒似乎忘了她的病。有一次她到镇上看病，特意买了蛋糕送到我学校，不巧我们全班出外远足（旅游）了，她放心交给收发室，带回家等我回家吃。初中到无锡学，学期终了才能回家，她把炒熟的糯米粉装在大布口袋里，教我每次冲开水加糖当点心吃，其时我正青春发育，经常感到饥饿。

父亲说他的脑袋一碰上枕头便立即入睡，但母亲经常失眠，她诉说失眠之苦，我们全家都不体会。她头痛，总在太阳穴贴着黑色圆形的膏药，很难看，虽这模样，她洗衣服时仍要求洗得非常非常干净。因离河岸近，洗任何小物件她都要到河里漂得清清爽爽。家家安置一个水缸，到河里担水倒入水缸作为家用水。暑假回家，我看父亲太苦，便偷着替他到河里担水，母亲见了大叫："啊哟哟！快放下扁担，别让人笑话！"我说没关系，但她哭了，我只好放下扁担。

巨大的灾难临到母亲头上。日军侵华，抗战开始。日军的刺刀并没有吓晕母亲，致命的，是她失去了儿子。我随杭州艺专内迁，经江西、湖南、贵州、云南至重庆，家乡沦陷，从此断了音信。母亲急坏了，她认为我必死无疑，她曾几次要投河、上吊，儿子已死，她不活了。别人劝，无效，后来有人说，如冠中日后回，你已死，将急死冠中。这一简单的道理，解开了农村妇女一个扣死的情结。她于是等，不再寻死，她完全会像王宝钏那样等 18 年寒窑。她等了 10 年，我真的回到她的身边，并且带回了未婚妻，她比塞翁享受了更大的欢欣。

接着，教育部公费留学考试发榜，我被录取了，真是天大的喜讯，父亲将发榜的报纸天天带在身上，遇见识字的人便拿出来炫耀。母亲说，这是靠她陆家（她名陆培芽）的福分，凭父亲那穷鬼家族决生不出这样有出息的儿子来。我到南京参加教育部办的留学生出国前讲习会，期间，乡下父亲和母亲特意到南京看我，他们风光了。

山盟海誓的爱情，我于临出国前几个月结了婚，妻怀孕了。我漂洋过海，妻便住到我的老家。她是母亲眼中的公主，说这个媳妇真漂亮，到任何场合都比不掉了（意思是总第一）。母亲不让妻下厨做羹汤，小姑们对她十分亲热，不称嫂子，称琴姐。不远的镇上医院有妇产科，但母亲坚决要陪妻赶去常州县医院分娩，因这样，坐轮船多次往返折腾，胎位移动不正了，结果分娩时全身麻醉动了大手术，这时父亲才敢怨母亲的主观武断。

小孙子的出生令母亲得意忘形，她说果然是个男孩，如是丫头，赶到常州去生个丫头，太丢面子，会被全村笑话。她尤其兴奋是孩子同我出生时一模一样。

三年，粗茶淡饭的三年，兵荒马乱的三年（解放战争），但对母亲却是最幸福的三年，她日日守着专宠的儿媳和掌上明珠的孙子。别人背后说她对待儿孙太偏心，她是满不在乎的，只感到家里太穷，对不住湖南来的媳妇。她平时爱与人聊天，嗓门越说越高，自己不能控制。她同父亲吵架也是她的嗓门压过父亲的，但这三年里却一次也未同父亲吵架，她怕在新媳妇面前丢面子。妻看得明明白白，她对全家人很谦让，彼此相处一直很和谐，大家生活在美好的希望中，希望有一日，我能归来。

我回来了，偕妻儿定居北京，生活条件并不好，工作中更多苦恼，但很快便将母亲接到北京同住。陪她参观了故宫、北海、颐和园……她回乡后对人讲北京时，最得意的便是皇帝家里都去过了。她住不惯北京，黄沙弥漫，大杂院里用水不便，无法洗澡，我和妻又日日奔忙工作，她看不下去，决定回到僻静的老家，她离不开家门前的那条小河，她长年饮这条小河的水，将一切污垢洗涤在这条小河里。她曾两次来过北京，还将我第二个孩子带回故乡找奶妈，皇帝的家已看过，她不留恋北京。

苦难的岁月折磨我们，我们几乎失落了关怀母亲的间隙和心情，我只在每次下江南时探望一次比一次老迈的母亲。儿不嫌娘丑，在娘的怀里，看不清娘的面目。我的母亲有一双乌黑明亮的眼睛，人人夸奖，但晚年白内障几近失明，乡人说她仍摸索着到河边洗东西，令人担心。我的妹妹接她到镇江动了手术，使她重见天地，延续了生命。父亲早已逝世，年过八十的母亲飘着白发蹒跚地走在小道上，我似乎看到了电影中的祥林嫂，而她的未被狼吃掉的阿毛并未能慰藉她的残年。

朱永新感悟：

这篇文章原名《母亲》,是吴冠中先生回忆母亲的重要文章。我选用了文章中"母亲那双审美的慧眼"作为本篇的标题，也是想说明吴冠中的艺术人生，或许就是在母亲那双审美的慧眼注视下成长起来的。在他看来，母亲的确有着非凡的审美天赋，"她是文盲，却非美盲"，一些废布，几团毛线，都可以成为母亲"用尽心思的一种艺术制作"。

王鼎钧

王鼎钧（1925—　　），山东兰陵人，1949年到中国台湾，1978年，移居美国。他的创作生涯长达半个多世纪，著作近四十种，涉及散文、小说、戏剧等多个领域，代表作有《昨天的云》《怒目少年》《关山夺路》《文学江湖》等，是当之无愧的文学大师。

一方阳光 / 王鼎钧

四合房是一种闭锁式的建筑，四面房屋围成天井，房屋的门窗都朝着天井。从外面看，这样的家宅是关防严密的碉堡，厚墙高檐密不通风，挡住了寒冷和偷盗，不过，住在里面的人也因此牺牲了新鲜空气和充足的阳光。

我是在"碉堡"里出生的。依照当时的风气，那座碉堡用青砖砌成，黑瓦盖顶，灰色方砖铺地，墙壁、窗棂、桌椅、门板、花瓶、书本，没有一点儿鲜艳的颜色。即使天气晴朗，室内的角落里也黯淡阴沉，带着严肃，以致自古以来不断有人相信祖先的灵魂住在那一角阴影里。婴儿大都在靠近阴影的地方呱呱坠地，进一步证明了婴儿跟他的祖先确有密切难分的关系。

室外，天井，确乎是一口"井"。夏夜纳凉，躺在天井里看天，四面高耸的屋脊围着一方星空，正是"坐井"的滋味。冬天，院子里总有一半积雪迟迟难以融化，总有一排屋檐挂着冰柱，总要动用人工把檐溜敲断，把残雪运走。而院子里总有地方结了冰，害得爱玩好动的孩子们四脚朝天。

北面的一栋房屋，是四合房的主房。主房的门窗朝着南方，有机会承受比较多的阳光。中午的阳光像装在簸箕里，越过南房，倾泻下来，泼在主房的墙上。开在这面墙上的窗子，早用一层棉纸、一层九九消寒图糊得严丝合缝，阳光只能从房门伸进来，照门框的形状，在方砖上画出一片长方形。这是一片光明温暖的租界，是每一个家庭的胜地。

现在，将来，我永远能够清清楚楚看见，那一方阳光铺在我家门口，像一块发亮的地毯。然后，我看见一只用麦秆编成、四周裹着棉布的坐墩，摆在阳光里。然后，一双谨慎而矜持的小脚，走进阳光，停在墩旁，脚边同时出现了她的针线筐。一只生着褐色虎纹的狸猫，咪呜一声，跳上她的膝盖，然后，一个男孩蹲在膝前，用心翻弄针线筐里面的东西，玩弄古铜顶针和粉红色的剪纸。那就是我，和我的母亲。

如果当年有人问母亲：你最喜欢什么？她的答复，八成是喜欢冬季晴天这门内一方阳光。她坐在里面做针线，由她的猫和她的儿子陪着。我清楚记得一股暖流缓缓充进我的棉衣，棉絮膨胀起来，轻软无比。我清楚记得毛孔张开，承受热絮的轻烫，无须再为了抵抗寒冷而收缩戒备，一切烦恼似乎一扫而空。血液把这种快乐传遍内脏，最后在脸颊上留下心满意足的红润。我还能清清楚楚听见那只猫的鼾声，它躺在母亲怀里，或者伏在我的脚面上，虔诚地念诵由西天带来的神秘经文。

在那一方阳光里，我的工作是持一本《三国演义》，或《精忠说岳》，念给母亲听。如果我念了别字，她会纠正，如果出现生字，——母亲说，一个生字是一只拦路虎，她会停下针线，帮我把老虎打死。渐渐地，我发现，母亲的兴趣并不在乎重温那些早已熟知的故事情节，而是使我多陪伴她。每逢故事告一段落，我替母亲把绣线穿进若有若无的针孔，让她的眼睛休息一下。有时候，大概是暖流作怪，母亲嚷着："我的头皮好痒！"我就攀着她的肩膀，向她的发根里找虱子，找白头发。

我在晒太阳晒得最舒服的时候，醺然如醉，岳飞大破牛头山在我喉咙里打转儿，发不出声音来。猫恰恰相反，它愈舒服，愈呼噜得厉害。有一次，母亲停下针线，看她膝上的猫，膝下的我。

"你听，猫在说什么？"

"猫没有说话，它在打鼾。"

"不，它是在说话。这里面有一个故事，一个很久很久以前的故事……"

母亲说，在远古时代，宇宙洪荒，人跟野兽争地。人类联合起来把老虎逼上山，把乌鸦逼上树，只是对满地横行的老鼠束手无策。老鼠住在你的家里，住在你的卧室里，在你最隐秘最安全的地方出入无碍，肆意破坏。老鼠是那样机警、诡诈、敏捷、恶毒，人们用尽方法，居然不能安枕。

有一次，一个母亲轻轻地拍着她的孩子，等孩子睡熟了，关好房门，下厨做饭。她做好了饭，回到卧室，孩子在哪儿？床上有一群啾啾作声的老鼠，争着吮吸一具血肉斑斓的白骨。老鼠把她的孩子吃掉了。

——听到这里，我打了一个寒颤。

这个摧心裂肝的母亲向孙悟空哭诉。悟空说："我也制不了那些老鼠。"

但是，总该有一种力量可以消灭丑恶肮脏而又残忍的东西。天上地下，总该有个公理！

悟空想了一想，乘筋斗云进天宫，到玉皇大帝座前去找那一对御猫。猫问他从哪里来，他说，下界。猫问下界是什么样子，悟空说，下界热闹，好玩。天上的神仙哪个不想下凡？猫心动，担忧在下界迷路，不能再回天宫。悟空拍拍胸脯说："有我呢，我一定送你们回来。"

就这样，一个筋斗云，悟空把御猫带到地上。

御猫大发神威，杀死无数老鼠。从此所有的老鼠都躲进洞中苟延岁月。

可是，猫也从此失去天国。悟空把它们交给人类，自己远走高飞，再也不管它们。悟空知道，猫若离开下界，老鼠又要吃人，就硬着心肠，负义背信。从此，猫留在地上，成了人类最宠爱的家畜。可是，它们也藏着满怀的愁和怨，常常想念天宫，盼望悟空，反复不断地说：

"许送，不送……许送，不送……"

"许送，不送。"就是猫们鼾声的内容。

原来人人宠爱的猫，心里也有委屈。原来安逸满足的鼾声里包含着失望的苍凉。如果母亲不告诉我这个故事，我永远想不到，也听不出来。

我以无限的爱心和歉意抱起那只狸猫，亲它。

它伸了一个懒腰，身躯拉得好长，好细，一环一环肋骨露出来，抵挡我的捉弄。冷不防，从我的臂弯里窜出去，远了。

母亲不以为然，她轻轻地纠正我："不好好地缠毛线，逗猫做什么？"

在我的记忆中，每到冬天，母亲总要抱怨她的脚痛。

她的脚是冻伤的。当年做媳妇的时候，住在阴暗的南房里，整年不见阳光。寒凛凛的水气，从地下冒上来，从室外渗进室内，首先侵害她的脚，两只脚永远冰冷。

在严寒中冻坏了的肌肉，据说无药可医。年复一年，冬天的讯息乍到，她的脚面和脚跟立即有了反应，那里的肌肉变色、浮肿，失去弹性，用手指按一下，你会看见一个坑儿。看不见的，是隐隐刺骨的疼痛。

分了家，有自己的主房，情况改善了很多，可是年年脚痛依然，它已成为终身的痼疾。尽管在那一方阳光里，暖流洋溢，母亲仍然不时皱起眉头，咬一咬牙。

当刺绣刺破手指的时候，她有这样的表情。

母亲常常刺破手指。正在绣制的枕头上面，星星点点有些血痕。绣好了，第一件事是把这些多余的颜色洗掉。

据说，刺绣的时候心烦虑乱，容易把绣花针扎进指尖的软肉里。母亲的心常常很乱吗？

不刺绣的时候，母亲也会暗中咬牙，因为冻伤的地方会突然一阵刺骨难禁。

在那一方阳光里，母亲是侧坐的，她为了让一半阳光给我，才把自己的半个身子放在阴影里。

常常是，在门旁端坐的母亲，只有左足感到温暖舒适，相形之下，右足特别难过。这样，左足受到的伤害并没有复元，右足受到的摧残反而加重了。

母亲咬牙的时候，没有声音，只是身体轻轻震动一下。不论我在做什么，不论那猫睡得多甜，我们都能感觉出来。

这时，我和猫都仰起脸来看她，端详她平静的面容几条不平静的皱纹。

我忽然得到一个灵感："妈，我把你的座位搬到另一边来好不好？换个方向，让右脚也多晒一点太阳。"

母亲摇摇头。

我站起来，推她的肩，妈低头含笑，一直说不要。猫受了惊，蹄缝间露出白色爪尖。

座位终于搬到对面去了，狸猫跳到院子里去，母亲连声唤它，它装作没有听见；我去捉它，连我自己也没有回到母亲身边。

以后，母亲一旦坐定，就再也不肯移动。很显然，她希望在那令人留恋的几尺干净土里，她的孩子，她的猫，都不要分离，任发酵的阳光，酿造浓厚的情感。她享受那情感，甚于需要阳光，即使是严冬难得的煦阳。

卢沟桥的炮声使我们眩晕了一阵子。这年冬天，大家心情兴奋，比往年好说好动，母亲的世界也测到一些震波。

母亲在那一方阳光里，说过许多梦、许多故事。

那年冬天，我们最后拥有那片阳光。

她讲了一个梦，对我而言，那是她最后的梦。

母亲说，她在梦中抱着我，站在一片昏天黑地里，不能行动，因为她的双足埋在几寸厚的碎琉璃碴儿里面，无法举步。四野空空旷旷，一望无边都是碎琉璃，好像一个琉璃做成的世界完全毁坏了，堆在那里，闪着磷一般的火焰。碎片最薄最锋利的地方有一层青光，纯钢打造的刀尖才有那种锋芒，对不设防的人，发生无情的威吓。而母亲是赤足的，几十把琉璃刀插在脚边。

我躺在母亲怀里，睡得很熟，完全不知道母亲的难题。母亲独立苍茫，汗流满面，觉得我的身体愈来愈重，不知道自己能支持多久。母亲想，万一她累昏了，孩子掉下去，怎么得了？想到这里，她又发觉我根本光着身体，没有穿一寸布。她的心立即先被琉璃碎片刺穿了。某种疼痛由小腿向上蔓延，直到两肩、两臂。她咬牙支撑，对上帝祷告。

就在完全绝望的时候，母亲身旁突然出现一小块明亮干净的土地，像一方阳光这么大，平平坦坦，正好可以安置一个婴儿。谢天谢地，母亲用尽最后的力气，把我轻轻放下。我依然睡得很熟。谁知道我着地以后，地面忽然倾斜，我安身的地方是一个斜坡，像是又陡又长的滑梯，长得可怕，没有尽头。我快速地滑下去，比飞还快，转眼间变成一个小黑点。

在难以测度的危急中，母亲大叫。醒来之后，略觉安慰的倒不是我好好地睡在房子里，而是事后记起我在滑行中突然长大，还遥遥向她挥手。

母亲知道她的儿子绝不能和她永远一同围在一个小方框里，儿子是要长大的，长大了的儿子会失散无踪的。

时代像筛子，筛得每一个人流离失所，筛得少数人出类拔萃。

于是，她有了混合着骄傲的哀愁。

她放下针线，把我搂在怀里问：

"如果你长大了，如果你到很远的地方去，不能回家，你会不会想念我？"

当时，我唯一的远行经验是到外婆家。外婆家很好玩，每一次都在父母逼迫下勉强离开。我没有思念过母亲，不能回答这样的问题。同时，母亲梦中滑行的景象引人入胜，我立即想到滑冰，急于换一双鞋去找那个冰封了的池塘。

跃跃欲试的儿子，正设法挣脱伤感留恋的母亲。

母亲放开手凝视我：

"只要你争气，成器，即使在外面忘了我，我也不怪你。"

朱永新感悟：

王鼎钧先生是著名的散文大师。这篇纪念母亲的文章也写得很有诗意。他之所以成为文章高手，可能与儿时母亲的阅读教育与故事熏陶有关。"母亲在那一方阳光里，说过许多梦、许多故事。"这是最早的文学喂养与想象力培养。而母亲一反常人给孩子读书讲故事的做法，让孩子给自己读书讲故事。母亲说，"一个生字是一只拦路虎"，孩子遇到生字障碍的时候，她才会停下针线，帮孩子"把老虎打死"。这样的做法，既训练了孩子的说话能力，又养成了孩子良好的阅读习惯，可谓一箭双雕。

宗璞

宗璞（1928—　　），原名冯钟璞，笔名另有丰华、任小哲等，中国当代著名作家。曾就职于中国社会科学院外国文学研究所，代表作品有短篇小说《红豆》《弦上的梦》，系列长篇小说《野葫芦引》和散文《紫藤萝瀑布》《丁香结》等，长篇小说《东藏记》获第六届茅盾文学奖。

我的母亲是春天 / 宗　璞

在我们家里，母亲是至高无上的守护神。日常生活全是母亲料理。三餐茶饭，四季衣裳，孩子的教养，亲友的联系，需要多少精神！我自幼多病，常和病魔作斗争。能够不断战胜疾病的主要原因是我有母亲。如果没有母亲，很难想象我会活下来。在昆明时严重贫血，上纪念周站着站着就晕倒。后来索性染上肺结核休学在家。当时的治法是一天吃五个鸡蛋，晒太阳半小时。母亲特地把我的床安排到有阳光的地方，不论多忙，这半小时必在我身边，一分钟不能少。我曾由于各种原因多次发高烧，除延医服药外，母亲费尽精神护理。用小匙喂水，用凉手巾覆在额上，有一次高烧昏迷中，觉得像是在一个狄窄的洞中穿行，挤不过去，我以为自己就要死了，一抓到母亲的手，立刻知道我是在家里，我是平安的。后来我经历名目繁多的手术，人赠雅号"挨千刀的"。在挨千刀的过程中，也是母亲，一次又一次陪我奔走医院，医院的人总以为是我陪母亲，其实是母亲陪我。我过了四十岁，还是觉得睡在母亲身边最心安。

母亲的爱护，许多细微曲折处是说不完，也无法全捕捉到的。也就是有这些细微曲折才形成一个家。这人家处处都是活的，每一寸墙壁，每一寸窗帘都是活的。小学时曾以"我的家庭"为题作文，我写出这样的警句："一个家，没有母亲是不行的。母亲是春天，是太阳。至于有没有父亲，不很重要。"作业在开家长会时展览，父亲去看了。回来向母亲描述，对自己的地位似并不在意，以后也并不努力增加自己的重要性，只顾沉浸在他的哲学世界中。

在父母那时代，先生小心做学问，太太操劳家务，使无后顾之忧，是常见的。不过父母亲特别典型。他们真像一个人分成两半，一半主做学问，一半主理家事，左右合契，毫发无间。应该说，他们完成了上帝的愿望。

母亲对父亲的关心真是无微不至，父亲对母亲的依赖也是到了极点。我们的堂姑父张岱年先生说，"冯先生做学问的条件没有人比得上。冯先生一辈子没有买过菜"。细想起来，在昆明乡下时，有一阵子母亲身体不好，父亲带我们去赶过街子，不过次数有限。他的生活基本上是衣来伸手，饭来张口。

旧时有一副对联"自古庖厨君子远，从来中馈淑人宜"，放在我家正合适。母亲为一家人真操碎了心，在没有什么东西的情况下，变着法子让大家吃好。她向同院的外国邻居的厨师学烤面包，用土豆作引子，土豆发酵后力量很大，能"嘭"的一声，顶开瓶塞，声震屋瓦。在昆明时一次父亲患斑疹伤寒，这是当时西南联大一位校医郑大夫诊断出的病，治法是不吃饭，只喝流质，每小时一次，几天后改食半流质。母亲用里脊肉和猪肝做汤，自己擀面条，擀薄切细，下在汤里。有人见了说，就是吃冯太太做的饭，病也会好。

朱永新感悟：

这篇文章很短，但是我们仍然保留了下来，因为它从一个侧面，还原了一个知识分子家庭的生活教育场景。张岱年先生说，"冯先生做学问的条件没有人比得上。冯先生一辈子没有买过菜"。这里的冯先生，就是著名哲学家冯友兰先生，而他的女儿宗璞，就是这篇文章的作者。宗璞曾经说过，她的母亲是家庭中"至高无上的守护神"，"母亲的爱护，许多细微曲折处是说不完、也无法全捕捉到的"。作为母亲，如何细心地照顾女儿和丈夫，如何向外国厨师学习烤制面包，细节的背后，看见了母亲的用心。冯友兰先生也在夫人去世后撰写了一副挽联："忆昔相追随，同荣辱，共安危，期颐望齐眉，黄泉碧落君先去；从今无牵挂，斩名缰，破利锁，俯仰无愧怍，海阔天空我自飞。"

袁隆平

袁隆平（1930—2021），中国杂交水稻育种专家，中国研究与发展杂交水稻的开创者，被誉为"世界杂交水稻之父"。曾获国家特等发明奖、联合国科学奖、沃尔夫奖、世界粮食奖等多项国内外大奖。2019年被授予"共和国勋章"。

妈妈，稻子熟了 / 袁隆平

稻子熟了，妈妈，我来看您了。

本来想一个人静静地陪您说会话，安江的乡亲们实在是太热情了，天这么热，他们还一直陪着，谢谢他们了。

妈妈，您在安江，我在长沙，隔得很远很远。我在梦里总是想着您，想着安江这个地方。

人事难料啊，您这样一位习惯了繁华都市的大家闺秀，最后竟会永远留在这么一个偏远的小山村。还记得吗？ 1957年，我要从重庆的大学分配到这儿，是您陪着我，脸贴着地图，手指顺着密密麻麻的细线，找了很久，才找到地图上这么一个小点点。当时您叹了口气说："孩子，你到那儿，是要吃苦的呀……"我说："我年轻，我还有一把小提琴。"

没想到的是，为了我，为了帮我带小孩，把您也拖到了安江。最后，受累吃苦的，是妈妈您哪！您哪里走得惯乡间的田埂！我总记得，每次都要小孙孙牵着您的手，您才敢走过屋前屋后的田间小道。

安江是我的一切，我却忘了，对一辈子都生活在大城市里的您来说，70岁了，一切还要重新来适应。我从来没有问过您有什么难处，我总以为会有时间的，会有时间的，等我闲一点一定好好地陪陪您……哪想到，直到您走的时候，我还在长沙忙着开会。那天正好是中秋节，全国的同行都来了，搞杂交水稻不容易啊，我又是召集人，怎么着也得陪大家过这个节啊，只是儿子永远亏欠妈妈您了……

其实我知道，那个时候已经是您的最后时刻。我总盼望着妈妈您能多撑两天。谁知道，即便是天不亮就往安江赶，我还是没能见上妈妈您最后一面。

太晚了，一切都太晚了，我真的好后悔。妈妈，当时您一定等了我很久，盼了我很长，您一定有很多话要对儿子说，有很多事要交代。可我怎么就那么糊涂呢！这么多年，为什么我就不能少下一次田，少做一次实验，少出一天差，坐下来静静地好好陪陪您。哪怕……哪怕就一次。

妈妈，每当我的研究取得成果，每当我在国际讲坛上谈笑风生，每当我接过一座又一座奖杯，我总是对人说，这辈子对我影响最深的人就是妈妈您啊！

无法想象，没有您的英语启蒙，在一片闭塞中，我怎么能够阅读世界上最先进的科学文献，用超越那个时代的视野，去寻访遗传学大师孟德尔和摩尔根？无法想象，在那个颠沛流离的岁月中，从北平到汉口，从桃源到重庆，没有您的执着和鼓励，我怎么能获得系统的现代教育，获得在大江大河中自由翱翔的胆识？无法想象，没有您在摇篮前跟我讲尼采，讲这位昂扬着生命力、意志力的伟大哲人，我怎么能够在千百次的失败中坚信，必然有一粒种子可以使万千民众告别饥饿？

他们说，我用一粒种子改变了世界。我知道，这粒种子，是妈妈您在我幼年时种下的！

稻子熟了，妈妈，您能闻到吗？安江可好？那里的田埂是不是还留着熟悉的欢笑？隔着 21 年的时光，我依稀看见，小孙孙牵着您的手，走过稻浪的背影；我还要告诉您，一辈子没有耕种过的母亲，稻芒划过手掌，稻草在场上堆积成垛，谷子在阳光中毕剥作响，水田在西晒下泛出橙黄的味道。这都是儿子要跟您说的话，说不完的话啊……

妈妈，稻子熟了，我想您了！

朱永新感悟：

　　这篇文章出自一位科学家之手，但是同样，甚至比许多文学家的文字更有感染力。作者连用三个"无法想象"，讲述了母亲用英语启蒙，用超越那个时代的视野，帮助他打开世界之窗；在那个颠沛流离的岁月中，让他坚持读书求学，获得系统的现代教育；在摇篮前讲尼采，讲伟大哲人的成长故事，帮助他养成强大的意志力。有人说，袁隆平用一粒种子改变了世界。袁隆平说，这粒种子，是母亲在他幼年时种下的！

梁从诚

梁从诚（1932—2010），曾任全国政协委员、全国政协常委、全国政协人口资源环境委员会委员，民间环保组织"自然之友"创办人、会长。1999 年获中国环境新闻工作者协会和香港地球之友颁发的"地球奖"等。著有文化随笔《不重合的圈》，编辑有《为无告的大自然》《薪火四代》（上、下卷）《中国名人名言》（*The Great Thoughts of China*）等。

回忆我的母亲林徽因 / 梁从诚

母亲去世已经三十二年了。现在能为她出这么一本小小的文集——她唯一的一本，使我欣慰，也使我感伤。

今天，读书界记得她的人已经不多了。老一辈谈起，总说那是三十年代一位多才多艺、美丽的女诗人。但是，对于我来说，她却是一个面容清癯、削瘦的病人，一个忘我的学者，一个用对成年人的平等友谊来代替对孩子的抚爱（有时却是脾气急躁）

的母亲。

三十年代那位女诗人当然是有过的。可惜我并不认识，不记得。那个时代的母亲，我只可能在后来逐步有所了解。当年的生活和往事，她在我和姐姐再冰长大后曾经同我们谈起过，但也不常讲。母亲的后半生，虽然饱受病痛折磨，但在精神和事业上，她总有新的追求，极少以伤感的情绪单纯地缅怀过去。至今仍被一些文章提到的半个多世纪前的某些文坛旧事，我没有资格评论。但我有责任把母亲当年亲口讲过的，和我自己直接了解的一些情况告诉关心这段文学史的人们。或许它们会比那些传闻和臆测更有意义。

早年我的外祖父林长民（宗孟）出身仕宦之家，几个姊妹也都能诗文，善书法。外祖父曾留学日本，英文也很好，在当时也是一位新派人物。但是他同外祖母的婚姻却是家庭包办的一个不幸的结合。外祖母虽然容貌端正，却是一位没有受过教育的、不识字的旧式妇女，因为出自有钱的商人家庭，所以也不善女红和持家，因而既得不到丈夫，也得不到婆婆的欢心。婚后八年，才生下第一个孩子——一个美丽、聪颖的女儿。这个女儿虽然立即受到全家的珍爱，但外祖母的处境却并未因此改善。外祖父不久又娶了一房夫人，外祖母从此更受冷遇，实际上过着与丈夫分居的孤单的生活。母亲从小生活在这样的家庭矛盾之中，常常使她感到困惑和悲伤。

童年的境遇对母亲后来的性格是有影响的。她爱父亲，却恨他对自己母亲的无情；她爱自己的母亲，却又恨她不争气；她以长姊真挚的感情，爱着几个异母的弟妹，然而，那个半封建家庭中扭曲了的人际关系却在精神上深深地伤害过她。可能是由于这一切，她后来的一生中很少表现出三从四德式的温顺，却不断地在追求人格上的独立和自由。

少女时期，母亲曾经和几位表姊妹一道，在上海和北京的教会女子学校中读过书，并跟着那里的外国教员学会了一口相当流利的英语。一九二〇年，当外祖父在北洋官场中受到排挤而被迫"出国考察"时，决定携带十六岁的母亲同行。关于这次欧洲之旅我所知甚少。只知道他们住在伦敦，同时曾到大陆一些国家游历。母亲还考入了一所伦敦女子学校暂读。

在去英国之前，母亲就已认识了当时刚刚进入"清华学堂"的父亲。从英国回来，他们的来往更多了。在我的祖父梁启超和外祖父看来，这门亲事是颇为相当的。但是两个年轻人此时已经受到过相当多的西方民主思想的熏陶，不是顺从于父辈的意愿，而确是凭彼此的感情而建立起亲密的友谊的。他们之间在对中国传统文化的珍爱和对造型艺术的趣味方面有着高度的一致性，但是在其他方面也有许多差异。父亲喜欢动手，擅长绘画和木工，又酷爱音乐和体育，他生性幽默，做事却喜欢按部就班，有条不紊；母亲富有文学家式的热情，灵感一来，兴之所至，常常可以不顾其他，有时不免受情绪的支配。我的祖母一开始就对这位性格独立不羁的新派的未来儿媳不大看得惯，而两位热恋中的年轻人当时也不懂得照顾和体贴已身患重病的老人的心情，双方关系曾经搞得十分紧张，从而使母亲又逐渐卷入了另一组家庭矛盾之中。这种局面更进一步强化了她内心那种潜在的反抗意识，并在后来的文学作品中有所反映。

父亲在清华学堂时代就表现出相当出众的美术才能，曾经想致力于雕塑艺术，后来决定出国学建筑。母亲则是在英国时就受到一位女同学的影响，早已向往于这门当时在中国学校中还没有的专业。在这方面，她和父亲可以说早就志趣相投了。一九二三年五月，正当父亲准备赴美留学的前夕，一次车祸使他左腿骨折。这使他的出国推迟了一年，并使他的脊椎受到了影响终生的严重损伤。不久，母亲也考取了半官费留学。

一九二四年，他们一同来到美国宾夕法尼亚大学。父亲入建筑系，母亲则因该系当时不收女生而改入美术学院，但选修的都是建筑系的课程，后来被该系聘为"辅导员"。

一九二五年底，外祖父在一场军阀混战中死于非命。这使正在留学的母亲精神受到很大打击。

一九二七年，父亲获宾州大学建筑系硕士学位，母亲获美术学院学士学位。此后，他们曾一道在一位著名的美国建筑师的事务所里工作过一段。不久，父亲转入哈佛大学研究美术史。母亲则到耶鲁大学戏剧学院随贝克教授学舞台美术。据说，她是中国第一位在国外学习舞台美术的学生，可惜她后来只把这作为业余爱好，没有正式从事过舞台美术活动。母亲始终是一个戏剧爱好者。一九二四年，当印度著名诗翁泰戈尔应祖父和外祖父之邀到中国访问时，母亲就曾用英语串演过泰翁名作《齐德拉》；三十年代，她也曾写过独幕和多幕话剧。

关于父母的留学生活，我知道得很少。一九二八年三月，他们在加拿大渥太华举行了婚礼，当时我的大姑父在那里任中国总领事。母亲不愿意穿西式的白纱婚礼服，但又没有中式"礼服"可穿，她便以构思舞台服装的想象力，自己设计了一套"东方式"带头饰的结婚服装，据说曾使加拿大新闻摄影记者大感兴趣。这可以说是她后来一生所执着追求的"民族形式"的第一次幼稚的创作。婚后，他们到欧洲度蜜月，实际也是他们学习西方建筑史之后的一次见习旅行。欧洲是母亲少女时的旧游之地，婚后的重访使她感到亲切。后来曾写过一篇散文《贡纳达之夜》，以纪念她在这个西班牙小城中的感受。

一九二八年八月，祖父在国内为父亲联系好到沈阳东北大学创办建筑系，任教授兼系主任。工作要求他立即到职，同时祖父的肾病也日渐严重。为此，父母中断了欧洲之游，取道西伯利亚赶回了国内。本来，祖父也为父亲联系了在清华大学的工作，但后来却力主父亲去沈阳，他在信上说："（东北）那边建筑事业将来有大发展的机会，比温柔乡的清华园强多了。但现在总比不上在北京舒服，……我想有志气的孩子，总应该往吃苦路上走。"父亲和母亲一道在东北大学建筑系的工作进行得很顺利，可惜东北严寒的气候损害了母亲的健康。一九二九乞一月，祖父在北平不幸病逝。同年八月，我姐姐在沈阳出生。此后不久，母亲年轻时曾一度患过的肺病复发，不得不回到北京，在香山疗养。

朱永新感悟：

　　这是一个有着传统家庭教育渊源的家族，从梁启超到梁思成、梁从诫，三代学人，人才辈出。但是，作者的母亲林徽因却是离传统最远的人。虽然她也是大家闺秀，才华横溢。她生活在新旧冲突社会动荡的时代，很少表现出三从四德式的温顺，不断地追求人格上的独立和自由。在教育上，她是一个忘我的学者，"一个用对成年人的平等友谊来代替对孩子的抚爱（有时却是脾气急躁）的母亲"。

庄因

庄因（1933—　），我国著名学者、散文家、书画家，先后任教于澳大利亚墨尔本大学、美国斯坦福大学，著有散文集《杏庄小品》《八千里路云和月》《山路风来草木香》《一月帝王》等。

母亲的手 / 庄　因

在异乡做梦，几乎梦梦是真。去秋匆匆返台，回来后，景物在梦中便依稀了，故交、新友、亲戚们也相继渐隐，独留下母亲一人，硕大磐固，巍伟如泰山，将梦境充沛了。

那夜，我梦见母亲。母亲立于原野。背了落日、古道、竹里人家、炊烟、远山和大江，仰望与原野同样辽阔的天极。碧海青空中，有一只风筝如鲸，载浮载沉。母亲手中紧握住那线绕子，线绕子缠绕的是她白发丝丝啊。顷刻，大风起兮，炊烟散逝，落日没地，古道隐迹，远山坠入苍茫，而江声也淹过了母亲的话语……母亲的形象渐退了；我的视线焦定在她那一双手，那一双巨手，竟盖住了我泪眼所能见的一切。那手，是我走入这世界之门；那十指，是不周之山顶处的烛火，使我的世界无需太阳的光与热。

母亲的手，在我有生第一次的强烈印象中，是对我施以惩罚的手。孩童挨大人骂挨大人揍是不免的，但我却怎么也想不起任何挨母亲打的片段来；连最通常的打手心打屁股都没有了。虽如此，母亲的惩戒更甚于打，她有揪拧的独门绝招。我说绝招，是她揪拧同时进行——揪起而痛拧之。揪或拧，许是中国母亲对男孩子们惯用的戒法，除了后娘对"嫡出"的"小贱人"尚有"无可奉告"的狠毒家法外，大概一般慈母在望子成龙的心理压力驱使下，总会情急而出此的。

我的母亲也正如天底下数亿个母亲一样，对我是"爱之深，责之切"的。特别是小时候，国有难，民遭劫，背井离乡，使得母亲对她孩子们律之更严，爱之益切，责之越苛。母亲之对我，虽未若岳母之对武穆，但是，在大敌当前的大动乱时代，大勇大义之前，使母亲与任何一位大后方逃难的中国母亲一样，对子女们的情与爱，可向上彰鉴千秋日月。在贵州安顺，有一年，家中来了远客，母亲多备了数样菜，这对孩子们来说，可是千载难逢"打牙祭"的大好机会了。我因贪嘴，较往常多盛了半碗饭，可是，扒了两口，却说什么也吃不下了。隔了桌子，我瑟缩地睇着母亲。她的脸色平静而肃然，朝我说："吃完，不许剩下。"我摇头示意，母亲的脸色转成失望懊忿，但仍只淡淡地说：

"那么就下去吧，把筷子和碗摆好。"在大人终席前，我不时偷望着母亲，她的脸色一直不展，也不言笑。到了夜里，客人辞去，母亲控制不了久压的情绪，一把拽我过去，没头脸地按我在床上，反了两臂，上下全身揪拧，而且不住说："为什么明明吃不下了还盛？有得饱吃多么不易，你知道街上还有要饭的孩子吗？"揪拧止后，我看见母亲别过头去，坐在床沿气结饮泣。从此以后，我的饭碗内没有再剩过饭。

当然，母亲的手，在我的感情上自也有其熨帖细腻的一面。那时，一家大小六口的衣衫裤袜都由母亲来洗。一个大木盆，倒进一壶热水后，再放入大约三洗脸盆的冷水，一块洗衣板，一把皂角或一块重碱黄皂，衣衫便在她熟巧之十指一一翻搓起来了。安顺当时尚无自来水，住家在院中有井的自可汲取来用，无井的便需买水。终日市上沿街都有担了两木桶水（水面覆以荷叶）的卖水的人。我们就属于要买水的异乡客。寒冻日子，母亲在檐下廊前洗衣，她总是涨红了脸，吃力而默默地一件件地洗。我常在有破洞的纸窗内窥望，每洗之前，母亲总将无名指上那枚结婚戒指小心取下。待把洗好的衣衫等穿上竹竿挂妥在廊下时，她的手指已泡冻得红肿了。待我们长大后，才知道母亲在婚后数年里，曾过着颇富裕的"少奶奶"生活的，大哥、我、三弟，每人都有奶娘带领。可是，母亲那双纤纤玉手，在七七炮火下接受了洗礼，历经风霜，竟脱胎换骨，变得厚实而刚强，足以应付任何苦难了。

　　也同样是那双结满厚硬茧的手，在微弱昏黄的油盏灯下，毫不放松地督导着我们兄弟的课业。粗糙易破的草纸书，一本本，一页页，在她指间如日历般翻过去。我在小学三年级那年，终因功课太差而留级了。我记得把成绩单交给母亲时，没有勇气看她的脸，低下头看见母亲拿着那张"历史实录"的手，颤抖得比我自己的更其厉害。可是，出乎意外地，那双手，却轻轻覆压在我头上，我听见母亲平和地说："没关系，明年多用点功就好了。"我记不得究竟站着多久，但我永远记得那双手给我留下的深刻印象。

　　冬夜，炉火渐尽，屋内的空气更其萧寒，待我们上床入睡后，母亲坐在火旁，借着昏灯，开始为我们衣袜缝补。有时她用锥子锥穿厚厚的布鞋底，再将麻绳穿过针孔，一针一针的勒紧，那痛苦的承受，大概就是待新鞋制好，穿在我们脚上时，所换得的欣快的透支罢！

　　然则，就在那样的岁月中，母亲仍不乏经常兴致高涨的时候。每到此际，她会主动地取出自北平带出来的那管玉屏箫和一支笛子，吹奏一曲，母亲常吹的曲子有《刺虎》《林冲夜奔》《游园惊梦》和《春江花月夜》。那双手，如此轻盈跳跃在每个音阶上，却又是那般秀美而富才情的了。

　　去夏返台时，注意到母亲的手上添了更多斑纹，也微有颤抖，那枚结婚戒指竟显得稍许松大了。有一天上午，家中只留下母亲和我，我去厨房沏了茶，倒一杯奉给她。当我把杯子放在她手中时，第一次那样贴近看清了那双手，我却不敢轻易去触抚。霎时间那双手变得硕大无比，大得使我为将于三日后离台远航八千里路云月找到了恒定的力量。母亲的手，从未涂过蔻丹，也未加过任何化妆品的润饰。唯其如此，那是一双至大完美的手。

朱永新感悟：

这篇文章，通过母亲的手这个独特的视角，讲述了母亲的个性、才华和教育艺术。最初，也是印象最深刻的手，是施以惩罚的手，是"爱之深，责之切"的手；后来，是辛勤劳作、结满老茧的手；是在灯光下检查作业的细腻妥帖的手；是拿着玉屏箫和笛子吹奏《春江花月夜》的手。在孩子的眼里，这是"一双至大完美的手"。手的力量，正是教育的力量。正是母亲这双推动摇篮的手，也在推动着整个世界。

从维熙

从维熙（1933—2019），中国当代作家，曾任作家出版社社长、总编辑。《大墙下的红玉兰》《远去的白帆》《风泪眼》曾获全国优秀中短篇小说奖，《北国草》在北京获得优秀文学奖，《裸雪》获第三届全国优秀儿童文学奖。

母亲的鼾歌 / 从维熙

母亲的鼾歌，对我这个年过五十的儿子来说，仍然是一支催眠曲。

在我的记忆里，她的鼾声是一支生活的晴雨表。那个年月，我从晋阳劳改队回来，和母亲、儿子躺在那张吱呀吱呀作响的旧床板上，她没有打过鼾。她睡得很轻，面对着我侧身躺着，仿佛一夜连身也不翻一下；惟恐把床弄出声响，惊醒我这个远方游子的睡梦。夜间，我偶然醒来，常常看见母亲在睁着眼睛望着我，她可能是凝视我眼角上又加深了的鱼尾纹吧！

"妈妈，您怎么还没睡？"

"我都睡了一觉了。"她总是千篇一律地回答。

我把身子翻转过去，把脊背甩给了她。当我再次醒来，像向日葵寻找阳光那样，在月光下扭头打量母亲多皱纹的脸庞时，她还在睁着酸涩的眼睛。

"妈妈，您……"

"我刚刚睡醒。"她不承认她没有睡觉。

我心里清楚，在我背向她的时候，母亲那双枯干无神的眼睛，或许在凝视儿子黑发中间钻出来的白发，一根、两根……

我真无法计数，一个历经苦难的普通中国女性，她体躯内究竟蕴藏着多少力量。年轻时，爸爸被国民党追捕，肺病复发而悲愤地离去。她带着年仅四岁的我，开始了女人最不幸的生活。我没有看见过她的眼泪，却听到过她在我耳畔唱的摇篮曲：

狼来了，

虎来了，

马猴背着鼓来了！

风摇晃着冀东平原上的小屋，树梢像童话中的怪老人，发出尖厉而又显得十分悠远的声响。我在这古老的童谣中闭合了眼帘，到童年的梦境中去遨游：

骑竹马。

摘野花。

放鞭炮。

过家家。

……

她呢！我的妈妈！也许只有我在梦中憩睡的时刻，她才守着火炭早已熄灭的冷火盆独自神伤吧？！

我不曾忘记，在那滴水成冰的严冬，母亲怕我钻冷被窝，总是把我的被褥先搬到炕头上；她怕被窝儿热度不够，久久地坐在我铺好的棉被上，直到焐热了被窝为止。我年幼，不理解母亲那颗痴心，死活不睡热炕头；她只好把被窝又搬回到炕的那一边去，催我趁热躺下。炎阳似火的夏季，母亲怕我和小伙伴们到河里去玩水时淹死，不断吓唬过我：河里可有水鬼，专拉住小孩的腿不放。除此之外，她还发明了检查我是否下河去游泳了的土办法。她用指甲在我赤裸着的脊梁上滑一下，如果在我黧黑的皮肉上划出明显的白道道，就要抓起扫炕用的扫帚疙瘩——但是那扫帚疙瘩从没落到过我的身上。

我不是一个听话的孩子。下河洗澡、摔跤"打仗"……干的都是一件件让母亲忧心的事情：和小伙伴们在墙头上追逐，掉下来摔死了过去；和小伙伴们玩"攻城"游戏，石头砸伤了我的左眉骨，再往下移上一寸，我就变成了独眼少年。为了给"野马"拴上笼头，更为了让我上学求知，当我十几岁时，一辆带布篷的马车，连夜把我送到了唐山——我生平第一次坐上了火车，从唐山来到了北平。母亲像影子一样跟随我来了，为了交付学费，她卖掉了婚嫁时的首饰，在内务部街，二中斜对过的一家富户当洗衣做饭的保姆。当我穿着戴有二中领章的干净制服，坐在课堂上学习的时候，同学们不知道我的母亲，此时此刻正汗流浃背地为太太小姐们洗脏衣裳呢！母亲也想象不到，她靠汗水供养的儿子，并不是个好学生——他辜负了母亲的含辛茹苦，因为在代数课上常常偷看小说，考试分得过"鸡蛋"。在学校布告栏上，寥寥几个因一门理科考试不及格而留级的学生中，他就是其中的一个。我不是为苦命的妈妈解忧，而是增加她额头上的皱纹。回首少年时光，这是儿子对母亲最严酷的打击！

她没有为此垂泪，也没有过多地谴责我，只是感叹父亲去世太早，她把明明是儿子的过失，又背在自己的肩上："怨我没有文化，大字识不了几升；你爸爸当年考北洋工学院考了个第一，如果他还活在人间的话，你……"啊！妈妈，当我今天回忆起这些话时，我的眼圈立刻潮湿了——我给你苦涩的心田里，又增加了多少辛酸呵！

可是母亲一如既往，洗衣、做饭、刷碟、扫地……两只幼小就缠足了的脚，支撑着苦难的重压，在命运的回肠小路上，默默地走着她无尽的长途。星期六的晚上，我照例离开二中宿舍，和她在一起度过周末，母子俩挤在厨房间的一个小床上安息。记得那时，她从不打鼾，我还在幽暗的灯光下看小说，她就睡着了。母亲呼吸匀称，面孔恬淡安详，似乎她不知道人生的酸甜苦辣，也没意识到她心灵上的沉重负荷……

母亲！这就是母亲的一幅肖像。她心里有的只是自我牺牲，而没有任何索取。北京解放那年，那家阔佬带着家眷去了台湾。母亲和我从北京来到通县（当时我叔叔在通县教书），怎奈婶婶不能容纳我母亲立足，在一个飘着零星小雪的冬晨，她独自返回冀东故里去了。

十六岁的我，送母亲到十字街头。在这离别的一瞬间，我第一次感到母亲的可贵，第一次意识到她的重量。我惜别地拉着她的衣袖说：

"妈妈！您……"

"甭为我耽心。"她用手抚去飘落在我头上的雪花，"你要好好用功，像你爸爸那样。"

"嗯。"我低垂下头来。

"快回去吧！你们该上第一堂课了！"

"不，我再送您一程！"我仰起头来。

她用手掌抹去我眼窝上的泪痕，又系上我的棉袄领扣，叮咛我说："逢年过节，回村里去看看妈就行了。妈生平相信一句话，没有蹚不过去的河。你放心吧！"

我固执地要送她到公共汽车站。

她执意地要我马上回到学校课堂。

我服从了。但我三步一回头，两步一张望，直到母亲的身影，湮没在茫茫的雾幕之中，我才突然像失掉了什么最珍贵的东西一样，返身向公共汽车站疯了似的追去。

车，开了。轮子下扬起一道雪尘。

从这天起，我好像一下子变得成熟了。像幼雏脱掉了待食的嫩黄嘴圈，像小鸟长出丰满的羽毛——我提前迈进了青年人的门坎。当时，我经常做着一个十分类似的梦，不是我背着母亲过河，就是梦见我背着她爬山过岭；更奇怪的是，我有时还梦见我变成了姥姥家那匹白骡子，驮着母亲在乡间的古道上往前走。一句话——我内心萌生了对母亲的强烈内疚。

新中国的春阳给予了我温暖。我逐渐理解到母亲所承受的痛苦，不是她一个人的痛苦，而是旧社会年轻丧夫的妇女命运的一个缩影。儿时，我听我姨姨们告诉我，我母亲在姐妹中排行第三，是姐妹中最漂亮的；脾气么！外柔内刚。我这时似乎充分认识了母亲的韧性；她为了抚养我，舍弃了她所有的一切。我发奋地读书，我如饥似渴地学习知识——当我在 1950 年秋天，背着行囊离开古老的通州城，到北京师范学校去报到后马上给她寄了一封信。第一个寒假，我就迫不及待地回故乡去探望母亲。

踏过儿时嬉闹的村南小河的渡石，穿过儿时摇头晃脑背诵过"人、手、口、刀、牛、羊"的大庙改成的学堂，在石墙围起的一个院落东厢房里，我看见了阔别了两年多的母亲，和儿时差点把我变成"独眼少年"的小伙伴们。

在母亲那间屋子，人声喧沸：

"哎呀！丫头（我的乳名）回来了！"

"变成'洋'学生啦！"

"在北京见到过毛主席吗？"

"多在老家住几天吧！你妈想你想坏了！"

母亲只是微微笑着，仿佛我回访故土给她带来了什么荣誉似的。我仔细凝视着我的母亲，她比前两年显得更健壮了些。故乡的风，故乡的水，抚去她眼角上的细碎皱纹，洗净了她寄人篱下为炊时脸上的烟灰。尽管她也曾是地主家庭中的一员，乡亲们深知她丧夫后在家庭中的地位，更感叹她的命运坎坷，因而给她定了个中农成分。乡亲们又看她孑然一身，生活充满了艰辛，要她加入了变工的互助组。母亲做一手好针线活，在互助组内她为组员拆拆补补，乡亲为她种那四亩山坡地。

更深，油灯亮着豆粒大的火苗，我和母亲躺在滚烫的热炕上，说着母子连心的话儿：

"妈妈，我让您受苦了。"这句早该说的话，说得太晚了。

"没有又留级吧？"显然，我留了一级的事情，给她心灵上留下了伤疤。

"不但没有留级，我还在报纸上开始发表文章了呢！"我从草黄色的破旧背包里，拿出来刊登我处女作的《新民报》和《光明日报》，递给了她。

至今我都记得母亲当时的激动神色。她把油灯挑得亮了一些，从炕上半翘起身子，神往地凝视着那密密麻麻的铅字。

"妈妈！您把报纸拿倒了。"

她笑了。

在我的记忆中，这是我第一次看见她欣慰的微笑。这笑容不是保姆应酬主人的微笑，也不是为了使儿子高兴强作出来的微笑，而是从她心底漾起的笑波，浮上了母亲的嘴角眉梢。

她是带着微笑睡去的。不知为什么，我心里却充满了酸楚之感——我第一次把童贞的泪水，献给了我苦命的妈妈。特别是在静夜里，我听见她轻轻的鼾声，我无声地哭了。可是当我第二天早晨，问妈妈为什么打鼾时，她回答我说："我打鼾不是由于劳累，而是因为心安了！"

从师范学校毕业之后，我被调到《北京日报》当了记者、编辑。第一件事，就是把母亲从故乡接进北京。果真像她说的那样，由于心神安定，她几乎夜夜都发出微微的鼾声。久而久之，我也养成了一种心理上的条件反射，似乎只有听到母亲的鼾声，我才能睡得更踏实，连梦境仿佛也随着她的鼾歌而变得更为绚丽。

只可惜好景不长。1957 年后我再难以听到她的鼾声了。我和我爱人踏上了风雪凄迷的漫漫驿路，家里只剩下她和我那个刚刚落生的儿子。她的苦难重新开始，像孑然一身抚养我那时一样，抚养她的孙子。"文革"期间，我偶然得以从劳改队回来探亲，母亲再也不打鼾了，她像哺乳幼雏的一只老鸟，警觉地环顾着四周；即使是夜里，她也好像彻夜地睁着眼睛。

挂上牌子去串巷扫街。

拐着两只缠足小脚去挖防空洞。

她苍老了。白发披头，衣衫褴褛。但她用心血抚养的第二代——却是衣衫整洁品学兼优的挺拔少年。

"妈妈。"在夜深人静时,我安慰她说,"我怕您……怕您……支撑不住，突然……"

"没有蹚不过去的河。"她还是这样回答。

"您把我拉扯大了，又拉扯孙子……"

"只要你在井下（当时我在山西一个劳改矿山挖煤）能平平安安，家里的事你就不用操心了。"

母亲确实坚强得出奇。有时我要替她去扫街，她总是从我手里抢过扫帚，亲自去干扫街的活儿。她的腰弓得很低很低，侧面看去就像一个大大的？号。那样子像是在叩问大地，这个岁月哪一天才能结束?！这污迹斑斑曲折的路，哪儿才是它的尽头?！

1979 年的元月 6 日，我终于回到了北京。如同鬼使神差一般，她从那一天起又开始打鼾了。我住在上铺上，静听着母亲在下铺打的鼾歌，内心翻江倒海，继而为之泪落。后来，我们从十平方米的小屋搬到了团结湖，我常常和母亲同室而眠，静听她像摇篮曲一样的鼾歌。

说起来，也真令人费解，我怕听别人的鼾声，却非常爱听母亲的鼾歌。八二年我去石家庄开会，同室的刘绍棠鼾声大作，半夜我逃到流沙河的房子里去逃避鼾声；哪知流沙河打鼾的本事也很高明，我只好逃到另一间屋去睡觉。我一夜三迁，彻夜未能成眠。

只有母亲的鼾声，对我是安眠剂。尽管她的鼾声，和别人没有任何差别，但我听起来却别有韵味；她的鼾声既是儿歌，也是一首迎接黎明的晨曲。她似乎在用饱经沧桑人的鼾歌，赞美着这个来之不易的太平盛世……

朱永新感悟：

从维熙先生在世的时候，我们多次一起喝酒聚会，相谈甚欢。偶尔，他也会谈起他的过去，他的母亲，让我们对这位老人心生敬意。从老师是在母亲的摇篮曲里成长的，母亲对他的管教一直很严格，像影子一样跟随着他。为了交付学费，母亲卖掉了婚嫁时的首饰。儿子学习成绩不好，母亲反而自责："怨我没有文化，大字识不了几升。"儿子生活中遇到困难，母亲总是说："妈生平相信一句话:没有蹚不过去的河。"从维熙先生说，他之所以发奋读书，如饥似渴地学习，就是为了不辜负母亲的期望。

资华筠

资华筠（1936—2014），中国当代舞蹈家、舞蹈理论家，中国艺术研究院终身研究员。主要著述有《舞蹈生态学导论》（合著）、《舞艺舞理》（中、英文版）、《中国舞蹈》（主编、撰稿）、《舞蹈美育原理与教程》（主编、撰稿），以及多本散文随笔集。《中国舞蹈》曾获第七届"五个一工程"奖。

严母的慈爱 / 资华筠

　　我的母亲童益君是世纪同龄人，去年以九十五岁的高龄，走完了她的人生之路。我们遵从她老人家的遗愿——"不要惊动外人，丧事从简——火化"。但这是第一次为亲人办丧事，悲痛中懵头转向，颇费周折。妹妹说："平日里我们对姆妈的侍奉太少了，这是上帝在难为我们……"深深的自责沉重地压在我们三姐妹的心上。母亲却好像早有预见，在其遗言中写下："不因丧事的形式与细节问题责怪子女，遵从母愿即为孝。"啊！即使在最后的时刻，姆妈依然以她那博大的胸怀给我们以理解、呵护与慈爱……

　　但是小时候，母亲对于我却是"三严"——严肃、严格、严厉——的化身。督促作业，她总是面容严肃。检查成绩，标准又极为严格。算术没得满分，要追究原因。如果因为马虎，她要说："粗心是不可原谅的，将来做医生、工程师，会出大毛病。"如果是理解问题，她又要说："知其然不知其所以然，等于不知，这是基本的学习态度问题。"一旦违反了家规，则会受到严厉惩治，甚至皮肉之苦。诸如"坏事从说谎开始""失败从迟到开始"这样的家庭格言，看似小事，实行起来却毫不含糊。不过，母亲首先严以律己，而且讲民主，她常说："如果你们不服我的道理，可以辩论，不必盲从。"

　　记得小学一年级时，一次速算测试，我错了一道题，为了不被姆妈追究，我偷偷地把答案改正后，要求老师给判个满分。老师耐心地说服我要做诚实的孩子——把卷子改回原样，并保证不把我的错误行为告诉家长。回家以后，我坐立不安，想起母亲带我看过的美国卡通片《木偶奇遇记》中那个因说谎而鼻子不断长长的木偶，心里害怕得很。最后，还是决定将这件不光彩的事一古脑地向姆妈作了交代。没想到，母亲不仅实行了"坦白从宽"政策，而且首先作自我批评："唉！看来是我自己只管凶没把道理讲透，害得小囡想搞两面派。"又一次，我和妹妹对保姆不礼貌地说了一句"你是佣人，伺候人的"，引起母亲的勃然大怒，拿我们两个人的头相撞："非把你们这种歪念头撞出去不可！"我大哭。时值圣诞前夕，我随即冒充圣诞老人写了一封信吓唬她："打小孩子的头，影响智力发展，上帝会惩罚坏姆妈！"把信偷偷塞到她的枕头底下。等了三天没有任何动静，自己反倒害怕起来。母亲始终没有揭穿我的鬼把戏，元旦那天当着全家的面，抚摸着我的头说："从新的一年起，绝不再打小囡的头。"接着又对我说："不过，姆妈是不信神的，只晓得智慧是知识造就的……"

母亲生在书香世家（外祖父是浙江湖州的一任地方官），从小就富于探索和反抗精神，不仅从未缠过足，而且喜欢和兄长们同学习，比高低，更渴望外出求学。不幸年幼丧父，外公为官清廉，没留下什么积蓄。为了不增添家中的负担，她选择了公立蚕科职业学校。十二岁那年，在离家赴考的渡船上，向一个远房表哥突击学会了算术开方，通过了入学考试。自此以后，母亲的学习成绩总是名列前茅，毕业后成为科学养蚕和改良丝绸的能手。后来，又考上了英文专科学校，做过多年教师工作。她与父亲是自由恋爱，而且长达十年之久，三十岁才结婚。原因是，父亲要完成留日、留美的学业，母亲则要完成"起码作十年职业妇女"的宿愿。"那时，女人婚后做事难哪！"母亲讲起来，总不免感慨系之。父亲则常常对我们说："你们姆妈的才干比我强，为了我，为了孩子，她的牺牲太大了……"唉！在那个年代，母亲曾尽其所能自强自立，却依然没走出"家庭妇女"的樊篱。渐渐地，我懂得了那看似冷酷的"三严"，不仅闪烁着理想主义的光芒，而且蕴含着母亲对儿女的深情。她是以自己所向往的职业妇女的作为，履行着家庭责任，并且寄厚望于三个女儿——通过更顽强的奋斗超越她本人的人生局限。

新中国成立后，母亲常开心地说："妇女解放了，不必再为你们的前途担心。有了组织的教育，我也不用像以前那样操心了。"但是，她哪里想到，母女之间的关系正在发生变化……

父亲是银行经理，被划为资产阶级，在我们要求进步的过程中，批判家庭是不可少的一课。如果仅仅是应付一下，或许不难。但从小的教育使我做任何事都格外真诚、认真，这脱胎换骨的思想斗争，就格外的痛苦！心目中崇高的母亲逐渐"划"为了批判对象，我不忍心把这样的现实告诉母亲。但是回到家里，却矛盾重重。首先，我坚持与家庭划清经济界限，不仅不要家中一分钱，而且连母亲给的营养品也拒收。看着她伤心的样子，我也很难过，却咬紧牙关，"坚持原则"。其次是心理设防——时刻保持批判意识。有一次，我参加农村文化工作队，回家时兴奋地谈起与贫下中农实行"三同"的感受，母亲说："我们当年下乡普及科学养蚕，也是住在农民家里，和他们打成一片。"我马上说："你那时是旧社会的先生，对待农民不过是恩赐，而且，谁敢保证不是住在富农的家里？"和谐的谈话气氛一下子变得尴尬甚至紧张起来，母亲深深地叹口气……这样的对话，在我们之间经常发生。终有一天，母亲问起我入党为什么不顺利时，长期以来的思想矛盾和蓄积的委屈、愤懑，一古脑地发泄出来："你还有资格问我这个问题？！"话一出口，我们两个人都愣住了，之后是很长时间的沉默，我和姆妈都哭了。最后，还是母亲打破了沉默："唉！我早该想到的，你们为了追求进步而批判家庭，不必觉得对不起我们，不过我相信共产党是讲究实事求是的。"这就是我的深明大义不卑不亢的姆妈！

经历了十年浩劫，迎来了解放思想、实事求是的新时期。我解决入党问题时，不仅再不必给父母无限上纲，而且组织上明确父亲的成分不是资本家而是高级职员。不过，这已显得不大重要了。母亲却十分珍惜这个变化，因为她又可以与我们无所顾忌地谈天说地，像儿时那样买最爱吃的东西，塞进我们的包包里。

母亲离去时，事先没有任何迹象。只是在用早餐时，说了声"不想再吃了"，就闭上了眼睛。阿姨流着泪告诉我："老太太最后也不愿给你们儿女添麻烦呀！"

我忽然记起小时候最盼望的是冬天，母亲坐在被窝里，搂着我们换衣服，屋里的温度其实很高。她却认为只有她的胸膛最温暖，可以使孩子免受风寒。是的，世上最温暖的是母亲的胸膛，但愿在梦中，我还能再一次投入姆妈的怀抱……

朱永新感悟：

　　资华筠先生是我非常尊敬的学者。他们一家三姐妹，个个出类拔萃，应该说，母亲功莫大焉。母亲的"三严"——严肃、严格、严厉，是他们童年最深的记忆。面容严肃地督促作业；标准严格地检查作业；如果违反家规则要受到严厉的惩罚。母亲不允许做事情马马虎虎，她说：粗心是不可原谅的，将来做医生、工程师，会出大毛病。母亲不允许学习不求甚解，她说：知其然不知其所以然，等于不知，这是基本的学习态度问题。母亲做教育上虽然严格，但是很民主。她说：如果你们不服我的道理，可以辩论，不必盲从。资华筠姐妹三朵花，就是在这样一个严格而民主的家庭教育下盛开的。

叶维廉

叶维廉（1937—　　），诗人、文学理论家、翻译家，在质疑西方新旧文学理论应用到中国文学研究上的可行性及危机与肯定中国古典美学特质的基础上，对东西比较文学方法的创建具有国际影响力，代表作有学术专著《东西比较文学模子的运用》《比较诗学》等。

母亲，你是中国最根深的力量／叶维廉

妈妈：

我几乎无法相信，你离开这个沉重的世界，已经五年多了。常常在深夜里，或因备课而熬夜，或因事务而写报告，突然会掷笔思怀，忧伤处不能自已。但从来没有像近日或今夜那样，满胸话语的潮涌，欲夺胸而出。

不瞒你说，连我自己都感到微微的惊异，惊异于自己今夜之欲言，因为啊，自从那些不堪追忆的苦难的童年开始，我们之间便很少谈心。你，你自从由大城香港小康的家庭到了偏僻

的乡下，在战火中夜半翻山越岭去为农妇们接生，在草寇凶横的日子里，穿越荒野到澳门买杂货做小生意……你便默默地承受着一切的艰苦和灾难，饥饿与忧愁，不怨不艾，担负着种种的劳累来为我们兄妹四人和爸爸赚取生命的条件。或许是这种含孕着生命的深度的沉默，这种不需要语言去矫饰去说明，我们便完全深感其充满着爱的沉默，这三四十年来，你几乎没有一次用悲伤或愤怒的语调向我们倾诉你心中的愁伤。你一年一年地为生活而奔劳，吞含着种种奚落，忍受着种种的病痛和烦心、伤心的事。或许是这种含着爱和生命的深度的沉默和忍耐影响着我们的思想，我们多年来也沉默寡言，也懂得了忍耐，每遇不遂心的事，也像你一样，把它吞含在心的底层里。我们又何忍在你那伤神密结的层网里，投入另一团乱麻呢？也许，这便是为什么这么多年来，我们都没有互诉心中的块垒。

我说，我微微惊异于我今夜执笔倾诉的欲望，事实上，我这倾诉的欲望是带着深深的内疚的。我为什么没有在你离开人世之前，把我目前的思念和话语全然倾出呢？这些话语，虽然平淡无奇，但在你长久的孤寂里，或许可以激起一丝快乐。你是知道我平日极其思念你的，但在你那四壁沉静的心室里，如果偶然回响一些儿子的慰语，那会有多快乐啊。而你的儿子，却长年流徙在外，在纷乱的世界中自私地追求生命的意义，而竟然不知道，生命最伟大的榜样就在眼前，就在我的血脉里，那便是你啊，妈妈。请原谅我多年的沉默。你的沉默，我的沉默，像深深的祠堂里的两口钟，竟要等待狂风暴起才微微颤响相同的信息。

我忽然在近一年来及至今夜里，汹涌欲言，或许是因为，有一天，当我在沥沥的雨中，萧索的树的拍动里，站在你现在寄身的沉寂的庙堂前，看着无可奈何地升起的烧香的袅烟时，忽然地成长了，像你当年一样，进入了你那不堪记忆的层层穿织密结不通的烦忧的网中，初次感到生命最深的认识，初次感到中国最深的一种力量自你伟大的沉默和忍耐中跃起。

可是，假如当我那年，第一次接触到由于内战，由于流徙，由于空间的切断而产生的文化的焦虑和心理的游离不定的时候，我曾向你细诉（虽然当时弱小的心灵未必有足够的表达能力）。

你必然一度惊讶于我之走上了文学这一条路，一个曾经尝过日本的炮火的碎片，忍受过饥饿、贫困和几临绝境的恐慌，吃尽了香港那种复杂社会里中国人之间的冷漠、仇视和疑惧的少年，竟然会选择了文学，而且选择了已经被科学实用主义影响下的国人所逐渐鄙视逐渐遗弃的诗，你必然很震惊。那时的你啊，很可以像许多父母一样，劝我，训我，责我，促我放弃这种被世人视为空中楼阁属于幻梦的东西，很可以像许多求实用的父母一样，迫我选择实学实用的学系。但，你没有说什么，你只借着你作为护士的实际经验，说了一句："也可以考虑读医？"便也没有追问下去。你默默地让我追寻我自己能够完全体验、实证的生命的意义。如果当时的我已经具有我今日的经历，我或许会用鲁迅话来说明：中国人需要治疗的是心，不是身。这并不表示说我有鲁迅一样伟大的抱负。当时的我只是模模糊糊地感觉到由于民族流离、思想切断、思想错乱所引起的中国文化脱臼以后的危机，我感到而不了解，我甚至没有鲁迅那时弃医从文的觉悟，我冥冥中觉得现代中国人的忧患必须要通过我自己对这忧患所进行的历史的认识、哲学的思索和艺术的体验去掌握，掌握了这个忧患的实质，或许我们可以在传统和现实切断的生活间重建文化的和谐感，而我在日记里写诗，在给友人的信札里写诗，全是这些问题的探索。

我这些试探，默默的，不计岁月。我没有对很多人说，更没有对你说，不是由于故作诗人的骄傲，而是在纷乱未成秩序之前，我能说些什么呢。我甚至不知道，我的追索是否会落空，我不知道我的努力是不是一种理想主义的活动。但我确实知道一件事，那便是，生命的意义必须由自己艺术的经验和思索去印证，即使是有错误，也必须用经验来改正，我们不能随便生活在别人的座右铭里，生命的意义必须在我们艺术和生活的融汇调和中生长出来。

我当时也无法在我凌乱的思维中理出一个头绪来，事实上，现在可以证明，这并不容易，因为如果我可以在那时在此刻可以理出一个头绪，那便是为现代中国脱臼的精神找到了方向。因为，我虽然从我自己出发，我追索的不是我自己个人的问题，因为我了解到，如果没有了中国的完整意义，便没有了我自己。

由是，我觉得，我很早便有一种固执，那便是对中国的信任和爱。现代中国，在空间被切断，历史被模糊，实体被气化以后，一直在她的子民的怀疑中颤抖推前。我无法像许多中国人一样，把中国的落后和部分的弱点，看作一种羞耻来背负。为着肯定中国特有的文化形式，美感的风范，她和太初的和谐无间地呼应变化，我曾用种种的方式，作种种的追寻，用"五四"给我的开放性的批判精神，用西方各种发明性的表达形式，用传统哲学的透视，企图重现一套完整的活泼的生活艺术的情态。而在这个过程中，曾经兴奋若狂，曾经忧郁欲绝，曾经伤痛如焚，也曾经惘然若失，而终究因为那早年的固执而持之不坠。尤其是，当我再一度被迫离开我熟识的空间和文化的中心而流徙到外国的时候，这份对中国的固执的爱，忽然升华为一种无比的力量，把我推向新的领域，使我更清澈地认识到中国深层文化的美学形态和这形态所能在现代中国复活的民族风范，是这种固执的爱使我逐渐剔除了试验过程中所带来的累赘与错误，逐渐可以重返一种真率与质朴，把华丽脱为一种力量。是因为对传统信任，传统才给我一份光，使我明白和谐、默契原是来自我们自己，来自最纯朴无私的自己，这些无私的自己便是传统亲密社群的基础，是由乡土中国直贯高层知识体系的光辉。

就是在这个追寻、失落、复得的突然清澈的了悟里，如深夜里突然擦起的一根洋火，这个光辉，这个体系，这个我二十年来追索的生存文化的意义，便是具体的你啊。你更是中国根深的力量的实质！我竟要环追曲索如此多年！

不是儿子为了弥补自己的内疚才说这句话的。让我冒着激起你心中的愁伤来重叙你给我近乎禅悟的启示。你记得，是你婚后八年吧，爸爸便突然双足无力而瘫痪在床，一个曾经叱咤风云一时的英雄，突然因为一种外来的病患而任岁月一刀一刀地慢慢折磨，他心中是如何的难堪，他对命运哪能不怨艾！是的，爸爸时常暴躁，有时无理，但你啊，你担负着一切的艰苦、灾难、饥饿、忧愁，默默地，用那深得无法量度的耐心，一年、二年、十年、二十年、三十年、四十年，没有一次用悲伤或愤怒的语调怪责爸爸。深不可测的同情心，深不可测的爱，我们无法比拟的了解。爸爸的残废，是一种外来的命运的伤害，你完全了解，由这完全的了解，你发挥了无条件的爱心；由这完全的了解，你发挥了比天长比地久的耐心耐力，敌住一切的逆境，为我们创造了美丽丰富的将来。中国的土地，好比我们的父亲，受尽了外来的侵害而变得伤残，你的信任和爱使爸爸忍受了四十年的无助而存在，你的信任和爱，也就是我后来对中国的爱和信任的固执。而你忍受一切逆境的耐力，也便是一千年来、二千年来，中国人民的耐力，忍受着无尽的饥荒、战争、水灾、旱灾……像艾青诗中那用着一顶破的斗笠，披着一件烂的棉袄的农民，顶着北方隆冬的风雪，向永恒推进……

妈妈，我今夜满胸话语，说也说不尽，不管我如何说啊，都会把你的形象减少。我的文字无法表达你伟大的沉默中所含孕的生命的深度，和中国的满溢着我胸膛的历史。

——儿　维廉　一九七九·八

朱永新感悟：

这是一封寄不出去的信。这是一位儿子写给母亲在天之灵的告白书。书中有两处值得关注，一是作者介绍，虽然母亲年复一年地为生活而奔劳，吞含着种种奚落，忍受着种种的病痛和烦心、伤心的事，但从来不用悲伤或愤怒的语调向他们倾诉心中的愁伤。这种含着爱和生命的深度的沉默和忍耐，影响着孩子们的思想和个性，让他们懂得了忍耐与坚持。二是在作者人生选择的关键时刻，母亲没有像许多父母一样，劝说、训责，让他放弃文学"这种被世人视为空中楼阁属于幻梦的东西"，虽然提出了自己希望儿子学医的建议，但最后还是尊重了孩子自己的选择。作者成为著名的诗人，走上了文学之路，与母亲的尊重信任是分不开的。

冯骥才

冯骥才（1942 —　），中国当代作家、画家。全国政协常委，中国文联副主席，中国民间文艺家协会主席。其文学作品题材广泛，形式多样，已出版各种作品（集）五十余种，其中《高女人和她的矮丈夫》《神鞭》《三寸金莲》《珍珠鸟》等均获全国文学奖。作品被译成英、法、德、意、日、俄等十余种文字，出版各种译本三十余种。

母亲百岁 / 冯骥才

留在昔时中国人记忆里的，总有一个挂在脖子上小巧而好看的长命锁。

那是长辈请人用纯银打制的，锁下边坠着一些精巧的小铃，锁上刻着四个字：长命百岁。

这四个字是对一个新生儿最美好的祝福，是一种极致的吉祥话语，一种遥不可及的人间向往，然而我从来没想到它能在我亲人的身上实现。天竟赐我这样的洪福！

天下有多少人能活到三位数的年龄？谁能叫自己的生命装进整整一个世纪的岁久年长？我骄傲地说——我的母亲！

过去，我不曾有母亲活过百岁的奢望。但是在母亲过九十岁生日的时候，我萌生出这种浪漫的痴望。太美好的想法总是伴随着隐隐的担忧。

我和家人们嘴里全不说，却都分外用心照料母亲，心照不宣地为她的百岁目标使劲了。

我的兄弟姐妹多，大家各尽其心，又彼此合力，第三代的孙男娣女也加入进来。

特别是母亲患病时，我们必须一起迎接挑战。每逢此时我们就像一支训练有素的球队，凭着默契的配合和倾力倾情，赢下一场场"赛事"。

母亲历经磨难，父亲离去后，更加多愁善感。多年来，为母亲消解心结已是我们每个人都擅长的事。

这些年，为了母亲的快乐与健康，我们手足之间反反复复不知通了多少次电话。

然而近年来，每当母亲生日我们笑呵呵地聚在一起时，我发现作为子女的我们也都是满头华发。

小弟已七十岁，大姐都八十岁了。可是在母亲面前，我们永远是孩子。

人只有岁数大了，才会知道做孩子的感觉多珍贵、多温馨。

谁能像我这样，七十五岁了还是儿子，还有身在一棵大树下的感觉，有故乡、故土和家的感觉，还能闻到只有母亲身上才有的气息。

人生很奇特。

当你小的时候，母亲照料你、保护你，每当有外人敲门，母亲便会起身去开门，绝不会叫你去。

可是等到你成长起来，母亲老了，再有外人敲门时，去开门的一定是你——该轮到你来呵护母亲了，人间的角色自然而然地发生转变，这就是美好的人伦与人伦的美好。

一种奇异的感觉出现了，我似乎觉得母亲愈来愈像我的女儿，我要把她放在手心里，我要保护她，叫她实现自古以来人间最瑰丽的梦想——长命百岁！

母亲住在我弟弟家。我每周二、周五下班之后一定要去看她，雷打不动。

母亲知道我忙，怕我担心她的身体，这一天她都会提前洗脸擦油，拢好头发，提起精神来给我看。

母亲兴趣很多，喜欢我带来天南地北的消息，我笑她"心怀天下"。

她还是个微信老手，天天将亲友们发给她的美丽图片和有趣的视频转发他人。

有时我在外地开会，忽然收到她的微信："儿子，你累吗？"

可是，我在与她聊天时，还是要多方"刺探"她身体存在哪些小问题，以便尽快为她消除。

就这样，那个浪漫又遥远的百岁目标渐渐进入眼帘了。

去年，母亲九十九周岁。她身体很好，有力量，想象力依然活跃。

我开始设想来年如何为她庆寿时，她忽然说："我明年不过生日了，后年我过一百零一岁生日。"

我先是不解，后来才明白，"百岁"这个日子确实太辉煌，她把它看成一道高高的门槛了。

我知道，这是她对生命的一种本能的畏惧，又是一种渴望。

于是我与兄弟姐妹们说好，不再对她说百岁生日，不给她压力，等到百岁那天聚到一起自然就庆贺了。可是我心里也生出了一种担心——怕她在生日前生病。

然而，担心变成了现实。今年，就在她生日前的两个月，突然丹毒袭体，来势极猛，发冷发烧，小腿红肿得发亮。

赶紧把她送进医院，打针输液，病情刚刚好转，旋又复发，再次入院，直到生日前三日才出院。

虽然病魔被赶走，但是一连五十天输液、吃药，伤了胃口，母亲变得体弱神衰。

于是兄弟姐妹们商定，百岁这天，大家轮流去向她祝贺生日，说说话，稍坐即离，不让她劳累。午餐时，只由我和爱人、弟弟陪她吃寿面。

我们相约依照传统，待到母亲身体康复后，一家老小再为她好好补寿。

尽管在这百年难逢的日子里，这样做尴尬又难堪，不能尽大喜之兴，不能让这人间盛事如花般盛开，但是现在，母亲已经站在这里——站在生命长途上一个用金子搭成的驿站上了。

一百年漫长又崎岖的路已然记载在她生命的行程里。

故而，我们没有华庭盛筵，没有四世同堂，只有一张小桌，摆几个适合母亲口味的家常小菜，一碗用木耳、面筋、鸡蛋和少许嫩肉烧成的拌卤，一点点红酒，无限温馨地为母亲举杯祝贺。

母亲那天没有梳妆，不能拍照留念，我只能把眼前如此珍贵的画面记在心里。

母亲还是有些虚弱，只吃了七八根面条、一点绿色的菠菜，饮小半口酒。

能与母亲长久相伴下去就是儿辈莫大的幸福了，我相信世间很多人内心深处都有这句话。

此刻，我愿意把此情此景告诉我所有的朋友与熟人，这才是一件可以和朋友们共享的人间幸福。

朱永新感悟：

今年（2022 年）3 月 11 日，我见证了人世间最美的亲情与友情。这一天是冯骥才先生 80 大寿。他中午和 105 岁的妈妈吃完面后给我发来照片，并且告诉我，早晨 8:30 醒来，正是他 80 年前来到这个世界的时辰。我说，这真是天人合一。同时，周建萍老师告诉我，韩美林先生专门为大冯的生日画了 80 匹马。我曾经写过他们俩人友谊的故事《孩童是巨人》。今天同时见证亲情与友情，这是人类最美好最真挚的情感！

最初，我们的选文是冯先生的另外一篇文章《母亲为我扎红带》。其中讲到他的母亲每到本命年都要亲手为他"扎红"。72 岁那年，母亲仍然一如既往为他扎上了红带子。但是这篇文章的教育韵味更浓一些，讲述了一个 100 岁的母亲，如何仍然用自己的母爱呵护孩子的感人细节。如母亲知道冯骥才先生担心她的身体，每一次生日那天她都会提前洗脸擦油，拢好头发，让孩子看到一个精神焕发的形象；母亲兴趣很多，每次希望听到儿子讲天南地北的消息；母亲乐于分享，天天将亲友们发给她的美丽图片和有趣的视频转发他人；母亲时刻关心儿子，不时会给在外地开会的儿子发微信："儿子，你累吗？"这些感人的细节让我们想象出她当年如何教育孩子的许多情景。

我相信，冯先生让母亲再给他扎一次红腰带的祈望一定能够实现。

刘心武

刘心武（1942— ），中国当代著名作家、红学研究家，曾任《人民文学》杂志主编。1977年发表的短篇小说《班主任》被认为是"伤痕文学"的发轫之作，《钟鼓楼》获第二届茅盾文学奖。

谁说母爱不能是这一种 / 刘心武

从1950年到1959年，从8岁到17岁，是我的童年和少年时代，我一直生活在母亲身边。"最疼我"的也许的确是母亲，可是我却并无那一个"最"字横亘心中。

物质上，母亲自己极不重视穿着，对我亦然，冬天不至于冻着就行。母亲也几乎不给我买糖果之类的零食，她坚信，一个人只要吃好三顿饭，便可健康长寿。

令邻居大为惊讶的是，所订报刊最多的是我家。父亲只订了一份《人民日报》，其余的都是我订的。有邻居大妈问我母亲："你怎么舍得给儿子花那么多钱？你自己穿得这么破旧，家里连套沙发椅也没有！"母亲回答得很坦然："这个爱好,尽着他吧！"

　　母亲在供应我买课外读物上的投资,还有我看电影和话剧上的投资,更是一个惊人的数字。从1955年到1959年,我大约没放过当时任何一部进口的译制片,还有在中苏友协礼堂对外卖票放映的苏联原版片。我几乎把北京人艺所演出的每个剧目都看了……

　　1959年,我被北京师范专科学校录取。这所学校就在市内,因此我觉得还可以晚上回家吃饭和睡觉,母亲却给我准备了铺盖卷和箱子,并告诉我星期六再回家来。我服从了,心里却十分地别扭。

　　母亲不仅把我"推"到了学校,而且,也不再为我负担报刊的订费,我只能充分地利用学校的阅览室和图书馆。几个月后,我习惯于在图书馆里消磨,逢周末也不回家。

　　1960年春天,父亲奉命调到张家口一所军事院校去任教,母亲也去,还做主把那几间屋退了。我当然不能随他们而去,但为什么不至少为我留一间屋子?

　　父母离北京去张家口那天,我没送行。到了周六下午,我忽然意识到,在北京,除了集体宿舍里的那张上铺铺位,再没有可以称为家的地方了！那一天,我还没满18岁。

　　在内心的感情上,我曾对母亲有过痛怨。母亲在世时,我从未向她吐露过。毕业后,我在北京一所中学任教。我用的棉被被套糟朽不堪了,那是母亲将我放飞时,亲手给我缝制的被子。于是，我给母亲写信要一床被套。

母亲很快给我寄来她为我缝制的新被套，但同时我也接到了母亲的信："被套也还是问我要，好吧，这一回学雷锋，做好事，给你寄上一床。"她乃一平凡的老太婆，禁不住为一床被套"斤斤计较"？还是她对我并没有最彻底的母爱？

曾有几回，我在母亲面前，话到嘴边，却又吞了回去。现在我才领悟，母亲那是在告诉我，"自己的事要尽量自己独立解决"。自那以后，我确实再没向母亲伸过手。

1971年我有了儿子后，父母因军事学院解散，被安置到偏远的家乡居住。此后，母亲不仅不要我从北京给他们寄钱，反而每月按时往我这儿寄15块钱。那张张汇款单上都是母亲的笔迹。

父亲于1978年突发脑溢血逝世。1988年深秋，母亲也进了医院。她在一天晚上毅然拔下抗衰竭点滴针，含笑追随父亲而去。她在子女成年后，毅然将他们放飞，而在她丧偶后，也不要成为子女们的累赘。这是母亲的自尊。

静夜里，忆念母亲。

朱永新感悟：

刘心武有一个很"另类"的母亲。她自己不着意打扮，也不在意孩子的穿着。她不给孩子买玩具零食，却给孩子订了许多报刊，让孩子看电影和话剧。把孩子的精神需求看得远比物质需求更重要。孩子考上了师范，离家很近也不许他回家蹭饭。孩子工作了，她希望孩子"自己的事要尽量自己独立解决"。丧偶后，她不愿意成为子女们的累赘。原来，一个学者型的作家，背后是一个知性理智的母亲。

席慕蓉

席慕蓉（1943—　），当代画家、诗人、散文家。曾获比利时皇家金牌奖、布鲁塞尔市政府金牌奖、1968 年欧洲美协两项铜牌奖、1988 年台湾中兴文艺奖章新诗奖等，出版有诗集、画册、散文集及选本等六十余种，代表作有诗歌《七里香》《无怨的青春》《一棵开花的树》等。

生日卡片 / 席慕蓉

刚入台北师范艺术科的那一年，我好想家，好想妈妈。

虽然，母亲平时并不太和我说话，也不会对我有些什么特别亲密的动作，虽然，我一直以为她并不怎么喜欢我，平时也常会故意惹她生气；可是，一个十四岁的初次离家的孩子，晚上躲在宿舍被窝里流泪的时候，呼唤的仍然是自己的母亲。

所以，那年秋天，母亲过生日的时候，我特别花了很多心思做了一张卡片送给她。在卡片上，我写了很多，也画了很多，我说母亲是伞，是豆荚，我们是伞下的孩子，是荚里的豆子；我说我怎么想她，怎么爱她，怎么需要她。

卡片送出去了以后，自己也忘了，每次回家仍然会觉得母亲偏心，仍然会和她顶嘴，惹她生气。

好多年过去了，等到自己有了孩子以后，才算真正明白了母亲的心，才开始由衷地对母亲恭敬起来。

十几年来，父亲一直在国外教书，只有放暑假是偶尔回来一两次，母亲就在家里等着妹妹和弟弟读完大学。那一年，终于，连弟弟也当宪兵又出国读书了，母亲才决定到德国去探望父亲并且留下来。出国以前，她交给我一个黑色的小手提箱，告诉我，里面装的是整个家族的重要文件，要我妥善保存。

黑色的手提箱就一直放在我的阁楼上，从来都没想去碰过，一直到一天，为了找一份旧户籍资料，我才把它打开。

我的天！真的是整个家族的资料都在里面了。有外祖父早年那些会议的相片和札记，有祖父母的手记，他们当年用过的哈达，父亲的演讲记录，父母初婚时的合照，朋友们送的字画，所有的纸张都已经泛黄了，却还保有一层庄严和润的光泽。

然后，我就看到我那张大卡片了。用红色的原子笔写的笨拙的字体，还有那些拼拼凑凑的幼稚的画面，一张用普通的图画折成四折的粗糙不堪的卡片，却被母亲仔细地收藏起来了，收在她最珍贵的箱子里，和所有庄严的文件摆在一起，收了那么多年！

卡片上写着的是我早已忘记了的甜言蜜语，可是，就算是这样的甜言蜜语也不是常有的。忽然发现，这么多年来，我好像也只是画过这样一张卡片。长大了以后，常常只会去选一张现成的印刷好了的甚至带点香味的卡片，在异国的街角，匆匆忙忙地签一个名字，匆匆忙忙地寄出，有时候，在母亲收到的时候，她的生日都已经过了好几天了。

所以，这也许是母亲要好好地收起这张粗糙的生日卡片的最大理由了吧，因为，这么多年来我也只给了她一张而已。这么多年来，我只会不断地向她要求更多的爱、更多的关怀，不断地向她要求更多的证据，希望从这些证据里，能够证明她是爱我的。

而我呢？我不过只是在十四岁那一年，给了她一张甜蜜的卡片而已。

她却因此而相信了我，并且把它细心地收藏起来，因为，也许这是她从我这里得到的唯一的证据了。

在那一刹那里，我才发现，原来，原来世间所有的母亲都是这样容易受骗和容易满足的啊！

在那一刹那里，我不禁流下泪来。

朱永新感悟：

曾经在南开大学叶嘉莹先生的活动上见过席慕蓉老师，当时还获赠了一本她的诗集签名本。我知道，这是一位来自大草原的诗人。席慕蓉写过好几篇关于母亲的文字，除了《生日卡片》，还有《亲情》《从前的妈妈》等。席慕蓉曾经抱怨过，她"没有两个姊姊的聪慧与美丽，没有妹妹的安静柔顺惹人怜爱，又不像弟弟是全家惟一的男孩。我脾气倔强又爱猜疑，实实在在是这个家里多余的一个"。直到有一天，她在母亲出国前交给她保管的黑色皮箱中发现了自己十四岁时送给母亲的手绘生日卡片，竟然与外祖父早年的会议相片和札记、祖父母的手记、父亲的演讲记录、父母的结婚照等一起珍藏，也真正懂得了妈妈的心。

三毛

三毛（1943—1991），本名陈平，中国台湾著名女作家，代表作品有《撒哈拉的故事》《哭泣的骆驼》《梦里花落知多少》《雨季不再来》等，2011 年北京十月文艺出版社出版《三毛全集》十一卷。

永恒的母亲 / 三　毛

我的母亲在 19 岁高中毕业那年，经过相亲，认识了我的父亲。母亲 20 岁的时候，她放弃进入大学的机会，下嫁父亲，成为一个妇人。

童年时代，很少看见母亲有过什么表情，她的脸色一向安详，在那安详的背后，总使人感受到那一份巨大的茫然。

等我上了大学的时候，对于母亲的存在以及价值，才知道再做一次评价。记得放学回家来，看见总是在厨房里的母亲，突然脱口问道："妈妈，你读过尼采没有？"母亲说没有。又问："那叔本华、康德和萨特呢？还有……这些哲人难道你都不晓得？"

母亲还是说不晓得。我呆望着她转身而去的身影，一时感慨不已，觉得母亲居然是这么一个没有学问的人。我有些发怒，向她喊："那你去读呀！"这句喊叫，被母亲丢向油锅内的炒菜声挡掉了，我回到房间去读书，却听见母亲在叫："吃饭了！今天都是你喜欢的菜。"

以前母亲除了东南亚之外，没有去过其他的国家。8 年前，当父亲和母亲排除万难，飞到欧洲探望荷西和我时，是我的不孝，给了母亲一场心碎的旅行。荷西的意外死亡，使得父母亲一夜之间白了头发。更有讽刺意味的是，母女分别了十三年的那个中秋节，我们却正在埋葬一个亲爱的家人。这万万不是存心伤害父母的行为，却使我今生今世一想起那父母亲的头发，就要泪湿满襟。

母亲的腿上，好似绑着一条无形的带子，那一条带子的长度，只够她在厨房和家中走来走去。大门虽没有上锁，她心里的爱，却使她甘心情愿把自己锁了一辈子。

我一直在怀疑，母亲总认为她爱父亲的深度胜于父亲爱她的程度。

还是 9 年前吧，小兄的终身大事终于在一场喜宴里完成了。那一天，当全场安静下来的时候，父亲开始致辞。父亲要说什么话，母亲事先并不知道，他娓娓动听地说了一番话。最后，他话锋一转道："我同时要深深感谢我的妻子，如果不是她，我不能得到这四个诚诚恳恳、正正当当的孩子，如果不是她，我不能拥有一个美好的家庭……"当父亲说到这里时，母亲的眼泪夺眶而出，她站在众人面前，任凭泪水奔流。我相信，母亲一生的辛劳和付出，终于在父亲对她的肯定里，得到了全部的回收和喜极而泣的感触。

这几天，每当我匆匆忙忙由外面赶回家去晚餐时，总是呆望着母亲那拿了一辈子锅铲的手发呆。就是这双手，把我们这个家管了起来。就是那条腰围，没有缺过我们一顿饭菜。就是这一个看上去年华渐逝的妇人，将她的一生一世，毫无怨言，更不求任何回报地交给了父亲和我们这些孩子。

回想到一生对于母亲的愧疚和爱，回想到当年读大学时看不起母亲不懂哲学书籍的罪过，我恨不能就此在她的面前，向她请求宽恕。今生唯一的孝顺，好似只有在努力加餐这件事上来讨得母亲的快乐。

想对母亲说：真正了解人生的人，是她；真正走过那么长路的人，是她；真正经历过那么多沧桑的，全然用行为解释了爱的人，也是她。在人生的旅途上，母亲所赋予生命的深度和广度，没有一本哲学书籍能够比她更周全了。

母亲啊母亲，在你女儿的心里，你是源，是爱，是永恒。

你也是我们终生追寻的道路、真理和生命。

朱永新感悟：

　　三毛写过好几篇关于母亲的回忆文章，特别是《妈妈的心》，也非常感人。我们选的这篇文章篇幅不长，故事也不多，但同样让人心生感动。"母亲的腿上，好似绑着一条无形的带子，那一条带子的长度，只够她在厨房和家中走来走去。大门虽没有上锁，她心里的爱，却使她甘心情愿把自己锁了一辈子。"这是一位心中只有丈夫和孩子的母亲。爱，本身就是教育。

程乃珊

程乃珊（1946—2013），中国当代作家，创作根植于上海本土文化，以细腻的文笔勾勒出上海文化中生动的两种质素——老克勒文化与小市民生活，代表作有《天鹅之死》《上海Lady》《丁香别墅》《远去的声音》等。

我的妈妈 / 程乃珊

我的妈妈不是名人，也不是早年投身革命的先驱。她一生的丰功伟绩，就是在那动乱的"左"的年月里奇迹般地躲过了一场又一场的风暴，没有在这问题上为我和哥哥带来一点影响和株连，但她却付出了高昂的代价：三进精神病医院。

妈妈年轻时就结识的朋友们看见我没有一个不惋惜地对我"啧啧"摇头："你呀，比起你妈妈那阵，差远了！"根据达尔文的进化论，我应该比妈妈漂亮，但恰恰在我身上进化论失灵了。

妈妈貌美，在我们家庭的社交圈中，在妈妈的同学之中，在外婆家邻里之中，至今还是记忆犹新的。因为貌美，妈妈很喜欢照相，从十二岁娉婷少女时起即把留影保存下来。我记忆最深刻的，是妈妈二十岁生日时照的，她头上戴着一顶绢制的百合花花冠，穿着淡色滚深色镶边的旗袍，微侧着脸，抬眼往上看，一对眼睛晶莹明亮，腮边闪现着一只小酒窝。妈妈的结婚照曾被上海当时第一流的照相馆"光艺"陈列在橱窗里。我记得，照片上的妈妈像一尊洁白的塑像伫立着，双手自然交叉地垂在身前，一领罗纱像一泻瀑布一直垂拖下来，在妈妈脚下形成一团白色的云雾，托着妈妈苗条匀称的身子。妈妈微微笑着，既不失新嫁娘的矜持和端庄，也带着新嫁娘的娇羞和甜美……可惜所有的相片都毁于红卫兵手中，连一纸一角也没留下。然而妈妈的美貌一直保持到她中年以后，就是今天，妈妈已经六十七岁了，她依然属她那个年纪的女性中的佼佼者。有一个美丽的妈妈，一直是我童年时代和青年时代的骄傲。直到我恋爱了，深恐自己平平的相貌不足以吸引对方，我会不由自主对我的男朋友说："别看我长这模样，我妈妈可漂亮了！"少女时由于纯洁无邪，就是傻话也显得十分可爱。

　　外祖父受欧美教育影响很深，且因为事业上的原因，周游过好几个国家，用现在的行话，外祖父属当时的"开拓型"企业家或者说"新潮人物"。他生有一子一女，我不知道他是否已自觉执行了"计划生育"了，但我肯定知道，他是十分热心于"智力投资"的。在妈妈这一代，很多女性即使出于豪富之家，也得不到尊重和高等教育，我婆婆就是一个例子。然而外祖父则例外，他把妈妈送到当时上海第一流的学校、宋家三姐妹都就读过的——著名的中西女中，从小学一直读到高中毕业。由于妈妈成绩优异，又送妈妈进第一流的圣约翰大学深造，直至毕业。当时有一种说法，女儿的大学文凭，不过是多一份嫁妆，因此犯不着进这么好的学校。但外祖父认为，既然把他们送到世界上来，做父母的就要尽力培养他们，否则，将来子女会责怪父母的。

妈妈一贯生性好强，因此在学业上始终是名列前茅的。直到七十年代，妈妈小学里的班主任华先生，一次在路上与外祖父邂逅相遇，此时两人都已八十开外了，华先生还记忆犹新地说："潘先生，你的小姐佐君，真是美而慧呀！"如今我的老外公已作古，他临终前几天向我说："我一子一女，儿子承馨在美国，事业与家庭都十分之满意；女儿佐君虽然一世平平，但我已尽力培养造就她，以后是因为环境所致影响了她，我自己是问心无愧的。"

在中西女中的一次年刊上，赫然登着母亲十七岁时写的一篇演讲稿，妈妈在这次演讲比赛中荣获了第一名。十七岁的我，偶尔在杂物间发现了这本旧年刊，我至今还背得出妈妈这几句话："……希望将来我们在社会上，仍能听到看到诸位的名字，不是冠于××夫人的头衔而出现，而是因为我们切切实实为大众、为社会服务……"当时的我很惊讶，我一直认为，只有我们这一代人，学校才教育我们为人民、社会服务的！母亲还说：

"我们将来都要当母亲的……"十七岁的妈妈当众讲这样的话不怕人家讪笑呀！就是从那时我才悟到，在我眼中胆小怕事、处世小心翼翼的妈妈，原来也有过热血沸腾的青年时代！不久我又发现，牢牢地盯着我的电话和每一个到我家来玩的男同学的妈妈，过去有着为数不少的追求者。一次，外祖母整理一些杂物时，竟理出几大扎妈妈的追求者的来信。大约从那时起，我开始以另一种眼光，不是女儿看妈妈而是女孩子看女人的目光来看待妈妈。

妈妈渴望着当教师，因为她毕业于圣约翰大学的教育系，无奈因为环境，因为时局，她永远无法实现这个意愿。圣约翰毕业时，妈妈已经二十四岁了，在四十年代，这是姑娘举行婚礼的最后期限了。妈妈不愿意走从毕业典礼走向结婚典礼这一条惯路，但又无法违抗这个当时的社会公约。说过了，妈妈不是革命先驱，也不是居里夫人式的学者，她只不过是一个平凡普通、有意向、有追求的女大学生，她尚没有魄力反抗那种舆论压力；另外肯定的是，当时的经济状况也无须她走上艰难的职业妇女之路。她唯一能自慰的是，在接到母校中西女中校长向她发出的聘书后，她回母校在初中部当了一个学期的英语教员，然后在结婚进行曲中走向另一条生活之路。要是妈妈从那时起就一直在中西执教到退休，无疑会成为一个一级教师，然而也有可能在"文革"中备受折磨，因为当时受摧残迫害最厉害的，让无知学生尽情羞辱的，无疑就是中学教师了。因而，这是幸运，也是不幸，妈妈终于未能如愿做一名教师。妈妈领到第一个月工资后，就用这笔钱置了一套银质餐具作纪念。每次有贵客来，我们就使用这套餐具。我和哥哥都知道，这是妈妈用第一个月的工资置的。1967 年妈妈由于紧张的"阶级斗争"，终于发病住进上海市精神病院，在医院里，妈妈反复念叨的一句话就是："那套银餐具是我劳动所得，凭什么要抄走！"

妈妈这一代知识分子，我太熟悉他们了。他们先天不足，大都没有一个可以夸耀的家庭出身，而且早在 1949 年前接受的那套传统伦理，已奠定了他（她）们特有的人生观，在成年之后再要进行一番艰苦的思想改造，往往不能脱胎换骨。这注定每次政治运动他们都是瞄准的目标。他们有文化，有自己的思考能力，因此他们，至少是我的妈妈，大约除了对"计划生育"表示同意外，其他如"大炼钢铁""十五年中赶上英国"，乃至"知识越多越反动"等观点，都是无法接受的。记得我念初中那阵，几乎大半中学都开俄语课，但妈妈却坚持认为，生为 20 世纪的人，不懂英语，是无法想象的。因此妈妈坚持在课余给我上英语课，以至考高中时，我竟考上念英语的班级，而且英语成绩始终在班里名列前茅。教育系毕业的妈妈，一直是我和哥哥的英文补习老师，从我们孩提时代开始，妈妈习惯地夹几句英语口语与我们交谈。今天，妈妈又是我女儿和我侄子的英语老师。而且，她的劳动没有白费，她的学生们的英语成绩，始终保持优秀。今年二月我赴美访问，由于懂英语，方便不少。我女儿曾获得英语朗读比赛第一名；我侄子的高中升学考试，英语考分为九十九分，这与妈妈的栽培是分不开的。我感谢妈妈，她虽然未能如愿当一位教师，但她已尽到教师的责任了。

是的，在某些方面，妈妈是我一位最好的老师。在极左思潮十分厉害的年月，即使在"文革"前，妈妈仍然关起大门，坚持用她的几十年生活证明是对的那一套教育我们，特别是我。她认为一个女孩子，应当有好的仪表和谈吐、举止，当时那一套都被斥之为"资产阶级"范围内的东西，但妈妈坚持严格地不断地纠正我的坐姿、站姿，吃饭时绝对不许捏着筷子又舀汤，在公众场合不要搔首弄姿，家里有客来端茶递点心一定是我的事……不少人责怪妈妈要害了我，说她把我培养成一个典型的资产阶级小姐了。妈妈严正地说：淑女和小姐不一样。她说她无法想象，养下儿女并眼看着那么一些明知是不科学的、不文明的观点来影响自己孩子而不给他们正确的指导。记得我十二岁时，妈妈就带我逛衣料店，先让我挑出我喜爱的衣料，然后她给予评点，哪种确实漂亮，哪种实在一般，如何配颜色，配发式，有意识地培养我的审美观和情趣。自然，我说不上我有很好的审美观，而且各人有不同的审美观，但我能很明白地知道什么是我喜欢的，什么是我不喜欢的。审美观本没一条定律，但你自己心中一定要有一条标准。

说过了，妈妈只是一般小市民，她想不到从小用革命理想来教育我们，她也没有赫然的人事关系可以为我和哥哥的前程铺上一条金光大道，但妈妈教会我热爱生活，教会我如何做一个女人，做一个有修养有文化的知识女性。妈妈的英国文学和外国历史造诣颇深，至今她中学时代的老同学都还为此夸她。法国大革命史和英国皇族家谱派系，妈妈稔熟得很。妈妈喜欢托尔斯泰的小说，她特别喜欢《战争与和平》。妈妈还喜欢音乐，她能用英语哼唱很好听的美国民歌，现在称为乡村音乐。但妈妈中学时学得最差的功课就是烹饪课，她认为花那么多时间在吃上，不值得。我想，把四十年前的妈妈原封不动放到八十年代，她肯定会被冠以"现代化女性"的美称的。

妈妈的经历很坎坷，她原本可以向社会献出更多，她向来是不甘心待在家里相夫教子的。四十年代由于时局动荡，妈妈是个普通知识妇女，她只能以她对当时政局的理解做出相应的反应，她不会赴延安的，她带着全家去了香港。据说原先计划是漂洋过海的，但妈妈放心不下已渐入老境的外祖父母，当时舅舅已去美求学，外祖父母膝下没有小辈，很不方便，且生活冷清，因此，最后竟在离大陆不远的香港定居下来。经父母的努力，战后他们在香港的生活已达中产阶级水准。但五十年代中期，听说国内稳定、平和，不少旅美旅英的知识分子都在这期间怀着一颗赤诚的报国之心相继回国，我的父母亲以他们的经验认为，香港毕竟是一个孤岛，而大陆地大物博，很有施展的余地，就举家回上海了。但未及他们"施展"，"反右"就开始了，然后是"大跃进""社教""文化大革命"，运动一个接一个，他们的本事无法施展，只能战战兢兢夹着尾巴做人。极左思潮对知识分子的迫害，是远在"文革"前就开始了。妈妈在银行里工作，小心谨慎，唯唯诺诺地工作着，因为是"资产阶级少奶奶"，有着许多一般人看不惯的缺点：她的礼貌被视为"虚伪"，她的注意礼仪的习惯被称为"做作"，她的情趣被斥为"资产阶级情调"！……这些压力，就像大气中金属的氧化，一年一年，销蚀着金属的承受力。当一股更大的压力——"文化大革命"降临时，妈妈的神经终于崩溃了，被送入精神病医院！十年中妈妈进了三次精神病院！

当然，如今，一切比原先暗自希望和企求的都要好。我和哥哥都十分争气。哥哥北京大学毕业后发配在山西插队，因为我们没有任何人事关系网，哥哥至今还在山西大同市，这位当年身为长房长孙的哥哥，现在是大同市轻工业局副局长。他的儿子，我的侄子，从婴儿时期就在上海寄养，妈妈一身数职，既是奶奶，又是母亲，还是家庭教师，竭尽全力地培养他，使我的小侄子从小品学兼优，现为重点中学的学生。小侄子因为没有上海户口，还有一年高中毕业就得回山西，妈妈不是具有高度觉悟的革命干部，也没有任何法道可以让小侄子留在上海，这几天妈妈正在苦恼，悔恨我们从香港回来得太早，如果现在回来，小侄子肯定可以报入上海户口的。这是回沪近三十年来，历经多次政治运动甚至抄家和靠生活费度日以来，妈妈第一次发出的后悔之言，说到底，这是出自对小辈爱护之心。再说，妈妈能挺住 1958 年干部下放劳动和"文革"中在"五七"干校锻炼，对她已经很不容易了。现在，知识又得到尊重，外语老师，特别英语教师在社会上十分吃香，妈妈曾想应聘再做一番渴望已久的教师工作，终因神经脆弱，不敢再进入社会与人有人事交往而退让了。"文革"中对她的批判和同事间无情的揭发，已大大伤了她的心。

现在，外貌依然保养得十分年轻的妈妈终于过上盼望已久的安定生活，她把居室布置得舒服又干净，带着浓厚的四十年代情调。每次我回娘家，总会感到那四十年代的气息是那么浓烈、充塞着每一个角落——连谈话也是，常涉及我尿布时期的生活。我不责怪妈妈，为了追赶我们这个时代，她舍弃了好多，现在，当自由的风终于吹进我们大陆时，让妈妈按她的心愿生活吧，这并不妨碍别人。

写下这么一些，心里不免惴惴，怕妈妈读了要生气。但要写，就得写真实，不能躲躲闪闪。妈妈读了一定又会说：怎么这样写？白纸黑字的，将来寻上你怎么办？我们不管了，快七十了，再来次大变动，反正无所谓了。你们还年轻，又有孩子，怎么办？当心，当心呀！

妈妈，我不是政治家，也不是预言家，但我不能为此就瞻前顾后，这样，一件事都干不成了。妈妈这一代唯一的生活目的，就是不在政治上闯祸，平安无事闪过每次运动，从而浪费了整整一代人。我不能再这样了。

　　此次访美经西雅图，第一次见到舅舅，舅舅一再要我说服妈妈去美国旅游一次，一切费用自然由舅舅出。但回来后我无论如何说服不了妈妈。妈妈固执地说：等有一天人民币可以兑换美元了，她才去。她说："我是姐姐，我不愿意在第一次见面的弟弟和弟媳面前伸手向他们要零花钱。"我告诉她，如今大家都是这样的，她却固执地回答："但是我不愿意！"

　　这就是我的妈妈：偏执、多虑、有修养、郁郁不得志……

　　幸好，我的路，比妈妈的路宽得多了。

　　希望我女儿和侄子这一代的路，比他们的妈妈更宽广。

　　希望发生在妈妈这代知识分子身上的悲剧，不要再重演。

朱永新感悟：

　　作者的母亲是毕业于圣约翰大学的高材生。她对于自己女儿的教育，也是希望把她培养成为有修养有文化的知识女性。所以，母亲训练她的言谈举止、坐姿站姿、吃饭礼仪与公众场合的规矩，指导她的穿着打扮，培养她的审美观和情趣，做一个热爱生活的人。美而慧的妈妈，培养出一位美而慧的作家。

余秋雨

余秋雨（1946— ），中国当代著名散文家、文化学者、艺术理论家，曾任上海戏剧学院院长等职，出版有《戏剧思想史》《观众心理学》等学术著作，先后获全国戏剧理论著作奖、上海市哲学社会科学著作奖等奖项。曾获"国家级突出贡献专家""上海十大学术精英"等荣誉称号，多次赴海内外许多大学和文化机构讲演中国文化。其代表作《文化苦旅》《山居笔记》《霜冷长河》《千年一叹》《行者无疆》等，开启一代文风。

一生中最大的勇敢都来自母亲 / 余秋雨

一

九旬老母病情突然危重，我立即从北京返回上海。几个早已安排好的课程，也只能调课。校方说："这门课很难调，请尽量给我们一个机会。"我回答："也请你们给我一个机会，我只有一个母亲。"

妈妈已经失去意识。我俯下身去叫她，她的眉毛轻轻一抖，没有其他反应。我终于打听到了妈妈最后说的话。保姆问她想吃什么，她回答："红烧虾。"医生再问，她回答："橘红糕。"说完，她突然觉得不好意思，咧嘴大笑起来，之后就再也不说话了。橘红糕是家乡的一种食物，妈妈儿时吃过。生命的终点和起点，在这一刻重合。

在我牙牙学语的那些年，妈妈在乡下办识字班、记账、读信、写信，包括后来全村的会计工作，都由她包办，没有别人可以替代。做这些事情的时候，她总是带着我。等到家乡终于在一个破旧的尼姑庵里开办小学时，老师们发现我已识了很多字，包括数字。几个教师很快找到了原因，因为我背着的草帽上写着4个漂亮的毛笔字"秋雨上学"，是标准行楷。

至今我仍记得，妈妈坐在床沿上，告诉我什么是文言文，什么是白话文。她不喜欢现代文言文，说那是在好好的头上扣了一个老式瓜皮帽。妈妈在文化上实在太孤独，所以把我当成了谈心对象。我7岁那年，她又把扫盲、记账、读信、写信这些事全都交给了我。

我到上海考中学，妈妈心情有点儿紧张，害怕因独自在乡下的"育儿试验"失败而对不起爸爸。我很快让他们宽了心，但他们都只是轻轻一笑，没有时间想原因。只有我知道，我获得上海市作文比赛第一名，是因为已经替乡亲写了几百封信；数学竞赛获大奖，是因为已经为乡亲记了太多的账。

二

医生问我妻子，妈妈一旦出现结束生命的信号，要不要切开器官来抢救，包括电击？妻子问："抢救之后能恢复意识吗？"医生说："那不可能了，只能延续一两个星期。"妻子说要与我商量，但她已有结论：让妈妈走得体面和干净。

我们知道，妈妈太要求体面了，即便在最艰难的那些日子，服装永远干净，表情永远优雅，语言永远平和。到晚年，她走出来还是个"漂亮老太"。为了体面，她宁可少活几年，哪里会在乎一两个星期？

一位与妈妈住在同一社区的退休教授很想邀我参加他们的一次考古发掘研讨会，3次上门未果，就异想天开地转邀我妈妈到场。妈妈真的就换衣梳发，准备出门，幸好被保姆阻止。妈妈去的理由是，人家满头白发来了3次，叫我做什么都应该答应。妈妈内心的体面，与单纯有关。

妈妈如果去开会了，会是什么情形？她是明白人，知道自己只是来替儿子还一个人情，只能微笑，不该说话，除了"谢谢"。研讨会总会出现不少满口空话的人，相比之下，这个沉默而微笑的老人并不丢人。在妈妈眼里，职位、专业、学历、名气都可有可无，因此她穿行无羁。

三

　　大弟弟松雨守在妈妈病床边的时间比我长。在我童年的记忆中，他完全是在妈妈的手臂上死而复生的。那时的农村谈不上什么医疗条件，年轻的妈妈抱着奄奄一息的婴儿，一遍遍在路边哭泣、求人。终于，遇到了一个好人，又遇到一个好人……

　　我和大弟弟都无数次命悬一线。由于一直只在乎生命的底线，所以妈妈对后来各种人为的人生灾难都不屑一顾。

　　我知道，自己一生最大的勇敢都来自母亲。我6岁那年的一个夜晚，她去表外公家回来得晚，我瞒着祖母翻过两座山岭去接她。她在山路上见到我时，没有责怪，也不惊讶，只是用温热的手牵着我，再翻过那两座山岭回家。

　　我从小就知道生命离不开灾难，因此从未害怕灾难。后来我因历险4万公里被国际媒体评为"当今世界最勇敢的人文教授"，追根溯源，就与妈妈有关。妈妈，那4万公里的每一步，都有您的足迹。而我每天趴在壕沟边写手记，总想起在乡下跟您初学写字的情形。

　　妈妈，这次您真的要走了吗？乡下有些小路，只有您和我两人走过，您不在了，小路也湮灭了；童年的有些故事，只有您和我两人记得，您不在了，童年也破碎了；我的一笔一画，都是您亲手所教，您不在了，我的文字也就断流了。

我和妻子在普陀山普济寺门口供养了一棵大树，愿它能够庇荫这位善良而非凡的老人，即便远行，也宁谧而安详。

朱永新感悟：

读过余秋雨先生在母亲追悼会上的致辞，很长，但情真意切。这篇文章是母亲病重期间写就的，讲述了母亲生命中若干美丽的片段。这篇文章，应该是余秋雨先生个人的"文化苦旅"，让我们明白了他为什么成为今天的他，他为什么能够不畏惧生命的苦难，以及他的文化情怀和生花妙笔的源头活水来自何处。

肖复兴

肖复兴（1947—　），中国当代著名作家，曾任《小说选刊》副总编、《人民文学》杂志社副主编。代表作品《海河边的一间小屋》《音乐笔记》《忆秦娥》曾分别获得优秀报告文学奖、冰心散文奖、老舍散文奖等多种奖项，并获得首届"全国中小学生喜爱的作家"称号。

母亲／肖复兴

世上有一部永远写不完的书，那便是母亲……

那一年，我的生母突然去世，我不到八岁，弟弟才三岁多一点儿，我俩朝爸爸哭着要妈妈。爸爸办完丧事，自己回了一趟老家。他回来的时候，给我们带回来了她，后面还跟着一个小姑娘。爸爸指着她，对我和弟弟说："快，叫妈妈！"弟弟吓得躲在我身后，我噘着小嘴，任爸爸怎么说就是不吭声。"不叫就不叫吧！"她说着，伸出手要摸摸我的头，我扭着脖子闪开，说就是不让她摸。

在以后的日子里，我从来不喊她妈妈。有一天，我把妈妈生前的照片翻出来挂在家里最醒目的地方，以此向后娘示威，怪了，她不但不生气，而且常常踩着凳子上去擦照片上的灰尘。有一次，她正擦着，我突然向她大声喊着："你别碰我的妈妈。"好几次夜里，我听见爸爸在和她商量："把照片取下来吧！"而她总是说："不碍事儿，挂着吧！"头一次我对她产生了一种说不出的好感，但我还是不愿叫她妈妈。

孩子没有一个是省油的灯，大人的心操不完。我们大院有块平坦、宽敞的水泥空场。那是我们孩子的乐园，我们没事便到那儿踢球、跳皮筋，或者漫无目的地疯跑。一天上午，我被一辆突如其来的自行车撞倒，重重地摔在水泥地上，大夫告诉我："多亏了你妈呀！她一直背着你跑来的，生怕你留下后遗症，长大了可得好好孝顺她呀……"

她站在一边不说话，看我醒过来便伏下身摸摸我的后脑勺，又摸摸我的肚子。我不知怎么搞的，第一次在她面前流泪了。

"还疼？"她立刻紧张地问我。

我摇摇头，眼泪却止不住。

"不疼就好，没事就好！"

回家的时候，天已经全黑了。从医院到家的路很长，还要穿过一条漆黑的小胡同，我一直伏在她的背上。我知道刚才她就是这样背着我，跑了这么长的路往医院赶的。

没过几年，三年自然灾害就来了，只是为了省出家里一口人吃饭，她把自己的亲闺女，那个老实、听话，像她一样善良的小姐姐嫁到了内蒙古。那年小姐姐才18岁，我记得特别清楚，那一天，天气很冷，爸爸看小姐姐穿得太单薄了，就把家里惟——件粗线毛大衣给小姐姐穿上，她看见了，一把扯了下来："别，还是留给她弟弟吧，啊！"车站上，她一句话也没说，只是在火车开动的时候，向女儿挥了挥手。寒风中，我看见她那像枯枝一样的手臂在抖动，回来的路上她一边走一边叨叨："好啊，闺女大了，早寻个人家好啊，好！"我实在是不知道人生的滋味儿，不知道她一路上叨叨的这几句话是在安抚她自己的那流血的心。她也是母亲，她送走自己的亲生闺女，为的是两个并非亲生的孩子，世上竟有这样的后母？望着她那日趋隆起的背影，我的眼泪一个劲往外涌。"妈妈！"我第一次这样称呼了她，她站住了，回过头来，愣愣地看着我不敢相信是真的，我又叫一声"妈妈"，她竟"呜"的一声哭了，哭得像个孩子。多少年的酸甜苦辣，多少年的委屈，全都在这一声"妈妈"中融解了。

母亲啊，您对孩子的要求总是这么少……

这一年，爸爸因病去世了，妈妈先是帮人家看孩子，以后又在家里弹棉花、撮线头，她就是用弹棉花撮线头挣来的钱供我和弟弟上学。望着妈妈每天满身、满脸、满头的棉花毛毛，我常想亲娘又怎么样?！从那以后的许多年里，我们家的日子虽然过得很清苦，但是，有妈妈在，我们仍然觉得很甜美，无论多晚回家，那小屋里的灯总是亮的，橘黄色的灯光里是妈妈跳动的心脏。只要妈妈在，那小屋便充满温暖，充满了爱。

我总觉得妈妈的心脏会永远地跳动着，却从来没想到，我们刚大学毕业的时候，妈妈却突然地倒下了，而且再也没有起来。妈妈，请您在天之灵能原谅我们，原谅我们儿时的不懂事，而我永远也不能原谅自己。我知道在这个世界上，我什么都可以忘记，却永远不能忘记您给予我们的一切……世上有一部永远写不完的书，那便是母亲。

朱永新感悟：

肖复兴老师也是我多年的朋友。他用这篇文章写出了自己对于后妈的愧疚和感激。他从一开始对后妈的排斥，擦相框时不让她碰到，把后妈拦在学校的大门之外，到后来觉得后妈一点儿不比亲娘差。她把亲生女儿远嫁他方，寒风中把毛大衣脱给自己，后妈用自己的真诚，赢得了信任，也教会孩子如何待人接物。

梁晓声

梁晓声（1949—　），中国当代著名作家，北京语言大学人文学院教授，中央文史研究馆馆员。"知青文学"的代表人物，《这是一片神奇的土地》《父亲》获全国短篇小说奖；《今夜有暴风雪》获全国中篇小说奖。长篇小说《人世间》获第十届茅盾文学奖。

慈母情深 / 梁晓声

我买的第一本长篇小说是《青年近卫军》。一元多钱。母亲还从来没有一次给过我这么多钱。

我还从来没有向母亲一次要过这么多钱。

我的同代人们，当你们也像我一样，还是一个小学五年级学生的时候，如果你们也像我一样，生活在一个穷困的普通劳动者家庭的话，你们为我作证，有谁曾在决定开口向母亲要一元多钱的时候，内心里不缺少勇气？

当年的我们，视父母一天的工资是多么非同小可呵！

但我想有一本《青年近卫军》想得整天失魂落魄，无精打采。

我从同学家的收音机里听到过几次《青年近卫军》长篇小说连续广播。那时我家的破收音机已经卖了，被我和弟弟妹妹们吃进肚子里了。

直接吃进肚子里的东西当然不能取代"精神食粮"。

我那时还不知道什么叫"维他命"。更没从谁口中听说过"卡路里"，但头脑却喜欢吞"革命英雄主义"。一如今天的女孩子们喜欢嚼泡泡糖。

一台台破缝纫机，一行行排列着，七八十个都不算年轻的女人忙碌在自己的缝纫机后。因为光线阴暗，每个女人头上方都吊着一只灯泡。正是酷暑炎夏，窗不能开，七八十个女人的身体和七八十只灯泡所散发的热量，使我感到犹如身在蒸笼。那些女人们热得只穿背心。有的背心肥大，有的背心瘦小，有的穿的还是男人的背心，暴露出相当一部分丰厚或者干瘪的胸脯。千奇百怪。毡絮如同褐色的重雾，如同漫漫的雪花，在女人们在母亲们之间纷纷扬扬地飘荡。而她们不得不一个个戴着口罩。女人们母亲们的口罩上，都有三个实心的褐色的圆。那是因为她们的鼻孔和嘴的呼吸将口罩濡湿了，毡絮附着在上面。女人们母亲们的头发、臂膀和背心也差不多都变成了褐色的。毛茸茸的褐色。我觉得自己恍如置身在山顶洞人时期的女人们母亲们之间。

我呆呆地将那些女人们母亲们扫视一遍，却发现不了我的母亲。

七八十台破缝纫机发出的噪声震耳欲聋。

"你找谁?"

一个用竹篾子拍打毡絮的老头对我大声嚷,却没停止拍打。

毛茸茸的褐色的那老头像一只老雄猿。

"找我妈!"

"你妈是谁?"

我大声说出了母亲的名字。

"那儿!"

老头朝最里边的一个角落一指。

我穿过一排排缝纫机,走到那个角落,看见一个极其瘦弱的毛茸茸的褐色的脊背弯曲着,头凑近在缝纫机板上。周围几只灯泡的热量烤着我的脸。

"妈……"

背直起来了,我的母亲。转过身来了,我的母亲。

肮脏的毛茸茸的褐色的口罩上方,眼神儿疲竭的、我熟悉的一双眼睛吃惊地望着我,我的母亲的眼睛……

母亲大声问:"你来干什么?"

"我……"

"有事快说,别耽误妈干活!"

"我……要钱……"

我本已不想说出"要钱"两字,可是竟说出来了!

"要钱干什么？"

"买书……"

"多少钱？"

"一元五角就行……"

母亲掏衣兜。掏出一卷毛票，用指尖龟裂的手指点着。

旁边一个女人停止踏缝纫机，向母亲探过身，喊：

"大姐，别给！没你这么当妈的！供他们吃，供他们穿，供他们上学，还供他们看闲书哇！……"又对我喊："你看你妈这是在怎么挣钱？你忍心朝你妈要钱买书哇？"

母亲却已将钱塞在我手心里了，大声回答那个女人："谁叫我们是当妈的啊！我挺高兴他爱看书的！"

母亲说完，立刻又坐了下去，立刻又弯曲了背，立刻又将头俯在缝纫机板上了，立刻又陷入了手脚并用的机械忙碌状态……

那一天我第一次发现，我的母亲原来是那么瘦小，竟快是一个老女人了！那时刻我努力要回忆起一个年轻的母亲的形象，竟回忆不起母亲她何时年轻过。

那一天我第一次觉得我长大了，应该是一个大人了。并因自己 15 岁了才意识到自己应该是一个大人了而感到羞愧难当，无地自容。

我鼻子一酸，攥着钱跑了出去……

那天我用那一元五毛钱给母亲买了一听水果罐头。

"你这孩子，谁叫你给我买水果罐头的？！不是你说买书，妈才舍得给你钱的吗？！……"

那一天母亲数落了我一顿。数落完了我，又给我凑足了够买《青年近卫军》的钱……

我想我没有权利用那钱再买任何别的东西，无论为我自己还是为母亲。

从此，我有了第一本长篇小说……

朱永新感悟：

梁晓声先生是我的至交，曾经为我和我儿子的书撰写过序言。我多次当面聆听过他讲述自己的父亲母亲和兄弟姐妹们的故事，这个故事是最打动我的。一位没有多少文化的女工，在家里生活拮据，温饱都还没有完全解决的情况下，对儿子买书的要求却眉头不皱地慷慨同意。"谁叫我们是当妈的啊！我挺高兴他爱看书的！"一句朴实的话语，一个对读书敬重的母亲，从此有了梁晓声的第一本长篇小说。晓声先生关于母亲有许多文字，还有一篇《母亲，我不识字的文学导师》也讲述了许多感人肺腑的教育故事。

张抗抗

张抗抗（1950—　），国家为一级作家，黑龙江省作家协会名誉主席，第七、八、九届中国作家协会副主席，第十届、十一届、十二届全国政协委员。已发表小说、散文八百余万字，出版各类文学专著近百种。代表作有《隐形伴侣》《赤彤丹朱》《情爱画廊》《作女》和《张抗抗自选集》（五卷）等。曾获全国优秀短篇小说奖、优秀中篇小说奖、第二届鲁迅文学奖、中国女性文学奖等多个文学奖项。

苏醒的母亲 / 张抗抗

一

那天清晨 6 点多钟，书房的电话急促地响起来。我被铃声吵醒，心里怪着这个太早的电话，不接，翻身又睡。过了一会，铃声又起，在寂静中响得惊心动魄。我心里迷迷糊糊闪过一个念头：不会是杭州家里出了什么事吧？顿时惊醒，跳下床直奔电话。一听到话筒里传来父亲低沉的声音，我脑子"嗡"的一下，抓着话筒的手都颤抖了。

年近 80 高龄的母亲长期患高血压，令我一直牵挂悬心。2002 年秋天的这个凌晨，我担心的事情终于发生，母亲猝发脑溢血，已经及时送往医院抢救，准备手术。放下电话，我浑身瘫软。然而，当天飞往杭州的机票只剩下晚上的最后一个航班了。

在黑暗中上升，穿越浓云密布的天空，我觉得自己像一个被安装在飞机上的零部件，没有知觉，没有思维。我只是躯体在飞行，而我的心早已先期到达了。

我真的不敢想，万一失去了母亲，我们全家人在以后的日子里，还有多少欢乐可言？

飞机降落在萧山机场，我像一颗子弹，从舱门快速发射出去，"子弹"在长长的通道中一次次迅疾地拐弯。我的腿却绵软无力，犹如一团飘忽不定的雾气，被风一吹就会散了。

二

走进重症监护室最初那一刻，我找不到母亲了。我从来没有想到，我竟然会不认识自己的母亲——仅仅一天，脑部手术后依然处于昏迷状态的母亲，整个面部都萎缩变形了，口腔、鼻腔和身上到处插满管子，头顶上敷着大面积的厚纱布。那时我才发现母亲没有头发了，那花白而粗硬的头发，由于手术完全被剃光，露出了青灰色的头皮。没有头发的母亲不像我的母亲了。我突然明白，原来母亲是不能没有头发的，母亲的头发在以往的许多日子里，覆盖和庇护着我们全家人的身心。

手术成功地清除了母亲脑部表层的瘀血，家人和亲友们都松了口气，然后在重症监护室外的走廊上整日整夜地守候，焦虑而充满希望地等待，等待母亲从昏迷中苏醒过来。每天上午下午短暂的半小时探视时间，被我们分分秒秒珍惜地轮流使用。我无数次俯身在母亲耳边轻声呼唤：妈妈，妈妈，您听到我在叫您么？妈妈，您快点醒来……

等待是如此漫长，一年？一个世纪？时间似乎停止了。母亲沉睡的身子把钟表的指针压住了。那些日子我才知道，时间是会由于母亲的昏迷而"昏迷"的。

两天以后的一个上午，母亲的眼皮在灯光下开始微微战栗。那个瞬间，我脚下的地板也随之战栗。母亲睁开眼睛的那一刻，阴郁的天空云开雾散，整座城市所有的楼窗都好像一扇一扇地突然敞开了。

然而母亲不能说话。她仍然只能依赖呼吸机维持生命，她的嘴被管子堵住了。许多时候，我默默地站在她的身边，长久地握着她冰凉的手，暗自担心苏醒过来的母亲也许永远不会说话。脑溢血患者在抢救成功后，有可能留下的后遗症之一是失语。假如母亲不再说话，我们说再多的话，有谁来回应呢？苏醒后睁开了眼睛的母亲，意识依然是模糊的，只能用她茫然的眼神注视我们。那个时刻，整个世界都与她一同沉默了。

三

母亲开口说话，是在呼吸机拔掉后的第二天晚上。那天晚上恰好是妹妹值班，她从医院打电话回来，兴奋地告诉我们"妈妈会说话了"，我和父亲当时最直接的反应是说不出话来。母亲会说话，我们反倒高兴得不会说话了。

妹妹很晚才回家，她说母亲一口气说了好多好多话，反反复复地说：太可怕了……这个地方真是可怕啊……妹妹说：我是婴音。母亲说：你站在一个冰冷的地方……她的话断断续续不连贯，又说起许多从前的事情，意思不大好懂。但不管怎样，我们的母亲会说话了，母亲的声音、表情和思维，正从半醒半睡中一点一点慢慢复苏。

清晨急奔医院病房，悄悄走到母亲的床边。我问："妈妈，认识我吗？"

母亲用力点头，却叫不出我的名字。

我说："妈妈，是我呀，抗抗来了。"

由于插管子损伤了喉咙，母亲的声音变得粗哑低沉。她复述了一遍我的话，那句话却变成了：妈妈来了。

我纠正她："是抗抗来了。"

她固执地重复强调说："妈妈来了。"

我的眼泪一下子涌上来。"妈妈来了。"——那个熟悉的声音，从我遥远的童年时代传来："别怕，妈妈来了。"——在母亲苏醒后的最初时段，在母亲依然昏沉疲惫的意识中，她脆弱的神经里不可摧毁的信念是：妈妈来了。

妈妈来了。妈妈终于回来了。

从死神那里侥幸逃脱的母亲，重新开口说话的最初那些日子，从她嘴边曾经奇怪地冒出许多文言文的句子。探望她的亲友对她说话，她常常反问：为何？若是问她感觉怎么样，她回答：甚感幸福。那些言辞也许是她童年的记忆中接受的最早教育，也许是她后来的教师生涯中始终难以忘却的语文课堂。那几天，我们曾以为母亲从此要使用文言文了，我们甚至打算赶紧温习文言文，以便与母亲对话。

幸好这类词很快就消失了。母亲的语言功能开始一天天恢复正常。每一次医护人员为她治疗，她都不会忘记说一声"谢谢"。在病床上长久地输液保持一个姿势让她觉得难受，她便不停地转动头部，企图挣脱鼻管，输氧的胶管常常从她鼻孔脱落，护士一次次为她粘贴胶布，并嘱咐她不要乱动。她惭愧地说："是啊，我怎么老是要做这个动作呢？"胡主任问她最想吃什么，她说："想吃蘑菇。"她开始使用一些复杂的句式来表达自己的意思，却又常常词不达意，让病房的医生护士忍俊不禁。她仍然常常把我和妹妹的名字混淆，我们纠正她的时候，她会狡辩说：

"你们两个嘛，反正都是一样的。"

如今回想那一段母亲浑身插满了管子的日子，真是难以想象母亲是怎样坚持过来的。她只是静静地忍受着病痛，我从未听到过她抱怨，或是表现出病人通常的那种烦躁。

离开重症监护室之前，爸爸对她说："我们经历了一场大难，现在灾难终于过去了。"妈妈准确地复述说："灾难过去了。"

四

母亲意识与语言的康复是十分艰难与缓慢的。我明明看见她醒过来了，又觉得她好像还在一个长长的梦里游弋。有时她清醒得无所不知，有时却糊涂得连我和妹妹都分不清楚；她时而离我很近，时而又独自一人走得很远；有时她的思维在天空中悠悠飘忽，看不见来龙去脉，有时却深深潜入水底，只见一个模糊的影子和水上的涟漪……

但无论她的意识在哪里游荡，她的思绪出现怎样的混乱懵懂，她天性里的那种纯真、善良和诗意，却始终被她无意地坚守着。那是她意识深处最顽强最坚固的核，我能清晰地辨认出那里不断地生长出的一片片绿芽，然后从中绽放出绚丽的花朵。

若是问她："妈妈，你今天有哪里不舒服吗？"她总是回答说："我没有不舒服。"

我的表弟、弟媳妇和他们的女儿去看望母亲，在她床前站成一排。母亲看着他们，微笑着说：亲亲爱爱一家人（那是我小时候母亲给我买的一本苏联儿童读物的书名）。母亲也许是听见了不知何处传来的音乐声，她说：敞开音乐的大门，春天来了。医生带着护士查房，在她床前嘘寒问暖。母亲说：这么多白衣天使啊……又说：多么好听的声音。还说：多么美好的名字啊……护士都喜欢与她聊天，她们说：朱老师说话，真的好有意思啊。

有几天我感冒，担心会传染给妈妈，就戴着口罩进病房。母亲不认识戴口罩的我了，她久久地注视我，眼睛里流露出疑惑的神情。我后退几步，将口罩摘下说："妈妈，是我呀。"母亲认出我来，笑着说："你太累了，回家休息吧，这里没有什么事情……"

母亲躺在移动病床上，胡医师陪她去做 CT，路上经过医院的小花园。胡医师说：朱老师，你很多天没有看到蓝天白云了，你看今天的阳光多好。母亲望着天空说：是啊，今天真是丰富多彩的一天呀！

想起母亲刚刚苏醒的那些日子，我妹妹的儿子阳阳扑过去叫外婆的那一刻，妈妈还不会说话。但她笑了，笑容使得她满脸的皱纹一丝丝堆拢，像金色的菊花那样一卷一卷地在微风中舒展。那是我见过的最灿烂的笑容，一如冷傲的秋菊，在凋谢前仪态万方的告别演出。

母亲永远都在赞美着生活。在她的内心深处，没有怨恨没有忧郁。即便遭受如此病痛，她仍如同有生中的任何时候，坦然承受着所有的磨难，时时处处为别人着想。即使在大病初愈脑中一片混沌之时，她依然本能地快乐着，对这个世界心存感激。

也许是得益于母亲平和的心态，在住院几个月后，终于重新站立起来，重新走路，自己吃饭，与人交谈，生活也逐渐能够自理，几乎奇迹般地康复了。

我为有这样一个美好的母亲而骄傲。

我之所以写下这些，是因为我看到了母亲在逐渐苏醒的过程中，在她的理智与思维逻辑都尚未健全的状态下，所表现出来的人性中那种最本真、最纯粹、绝无矫饰伪装的童心和善意。母亲在健康时曾经给予我的所有理性的教诲，都在她意识朦胧而昏睡的那些日子里，得到了最诚实的印证。在一个刚刚从昏迷中苏醒过来尚无法以理性控制自己的时候，她所展现出来的那些思维和行为，应是她身心中最真实的底蕴。

朱永新感悟：

张抗抗也是我多年的朋友，我们一起担任全国政协委员的时候，她就是我设立国家阅读节提案的坚定支持者。看过抗抗的许多书，非常喜欢她的小说和散文，这篇关于母亲的文章也曾经深深地感动过我。文章讲述了母亲从抢救到康复的过程，似乎与教育关系不大，但是透露出许多教育的细节。正如抗抗在文章中说的那样，在母亲重病期间，"她的理智与思维逻辑都尚未健全的状态下，所表现出来的人性中那种最本真、最纯粹、绝无矫饰伪装的童心和善意。母亲在健康时曾经给予我的所有理性的教诲，都在她意识朦胧而昏睡的那些日子里，得到了最诚实的印证"。教育，往往就是在这样的潜移默化中发生的。

尤今

尤今（1950—　　），新加坡女作家，主要作品有《沙漠中的小白屋》《迷失的雨季》《那一份遥远的情》《浪漫之旅》《太阳不肯回去》等。

她押了一生的岁月 / 尤　今

家里有一本相簿，贴满了年代久远，但却保存得极好的照片。照片里的那个少女，标致美丽。漆黑发亮的头发，长可及肩；长长的丹凤眼，隐隐含笑。她穿着时髦的泳衣，倚在游泳池畔的栏杆上，星星点点的阳光在她脸上跳跃；她穿着紧身的格子长裤，骑着脚踏车在马路上奔驰，黑黑亮亮的头发在风里神气地飞扬；她穿着圆领细腰的大花裙，斜斜地坐在如茵的草地上，笑容比周围嫣红姹紫的花卉更为灿烂。

照片中的这位少女，如今已经 65 岁了。她是我的母亲。

结婚之前，没有任何人相信，母亲能够吃苦。外祖父是怡保数一数二的殷商，拥有一幢占地极广的双层大宅。虽是富商，然而，外祖父全无伧俗的铜臭味。相反的，音符和书香，满屋飘溢。

天生聪慧的母亲，在这种优渥的环境里，逐渐成长为一名极为出色的女性。她静如处子，动若脱兔；入水能游，出水能弹（钢琴）。她不但通晓中英双语，而且能写出一手流畅的好文章。

1945 年，被誉为"抗战英雄"的父亲，在拜会怡保侨领外祖父时，看到了坐在小厅里为外祖父处理文件的母亲。

惊艳。

从此，外祖父那座大宅便变成了一块强力磁石，每天晚上，风雨不改，父亲一定准时报到。终于，成功地俘虏了美人心。

婚后的生活，时而安定，时而坎坷。父亲曾与朋友在一个唤作"和丰"的地方开采锡矿。然而，由于所投资的那一大块土地锡米不多，因此，那几年的辛苦便白白付诸东流。

我出世时，父亲已是个小酒铺的店主了。小小的酒铺里，访客川流不息；然而，这些来访的人，谈酒不买酒，他们谈文化、政治、社会、理想。每每尽兴而归时，生性慷慨的父亲便把一瓶瓶的酒送人。这种"特殊"的经营方式使小酒铺的赤字愈来愈多，最后，闭门大吉！

这时，一向热衷于文化事业的父亲，高高兴兴地办起报纸来。这份报纸，取名《迅报》。

筹办《迅报》期间，家中的经济拮据不堪。我们住在一所

无电无水供应的茅屋里，屋外乱草丛生、群蚊飞绕。一条邋里
邋遢的河，日夜不停地在屋外呜咽抽泣。

有了三个稚龄孩子，母亲的家务永永远远也做不完。婚前
那一双保养得极好的手，粗糙了，起泡了，生茧了。童年里最
为清晰的一个印象是：穿得极为朴素的母亲，蹲在地上，用竹
枝扎成的扫把，一下一下清扫地上的污水。

那一年农历新年，近在眉睫。可是，米缸却有断炊之虞。
夜极深，爸爸还在外头奔波张罗。母亲煮了一锅稀稀的白粥，
三个小孩儿狼吞虎咽。母亲坐在桌旁，双眉微蹙，不言不语。
她面前的那碗白粥，没了烟气，冷冷的、白白的、圆圆的一团，
好似一张血色被抽离了的忧伤的脸。远处，隐隐地传来了爆竹
的声响，稀稀落落的，好像是星星点点的喜气，可是，这喜气，
却是摒绝在我家门外的。好不容易等到爸爸回家来了，两个人
相对看时的表情是没有表情。

外祖父对于女儿困窘的情境并不是视而不见的，可是，母
亲倔犟的傲骨却使她不肯接受任何来自娘家的接济。而情操极
高的父亲，对于金钱的概念始终很淡薄。夫妻两人打定心意，
齐心协力地咬紧牙根以度过人生这一段萧瑟酷寒的黑暗期。

在贫穷的夹缝里为三餐营营碌碌的母亲，精神生活却是丰
富多彩的。她为父亲的《迅报》写长篇连载小说，笔触细腻，
情节曲折，据说拥有不少读者呢！

我依然清楚地记得母亲低着头在沾着油迹的木桌上写作时

那美丽绝顶的神情。煤油灯里闪烁不定的火舌映照在褐色格子的稿纸上，好似无数小精灵在快乐地起舞，母亲嘴角含着温柔的笑意，整张脸的轮廓显得非常的柔和。在这个全神贯注地进行创作的时刻，她不是母亲，不是妻子，她是她自己，一个完完全全的自己。

除了创作，母亲也自行翻译外国的文稿。她对语文，有着强烈的兴趣，数十年来，不论处于顺境或是逆境，她都不曾放弃阅读。常常涉猎英文杂志报纸的结果，使她有了极强的英文基础，因此，从事翻译，得心应手。

文化事业，是恒远地寂寞的。父亲创办的《迅报》，在苦苦支撑了三年之后，因为曲高和寡而闭门大吉了。

这时，父亲决定离开怡保，南下新加坡另谋发展了。下这决定时，家中老么刚出世不久。母亲在初生婴儿不断啼哭的烦乱里，在稚龄儿女不停吵闹的慌乱中，保持着高度的镇定，有条不紊地把行李一件一件地打点好。

1958年，我们一家子挥别了淳朴美丽的故乡怡保，来到了当时繁乱而不繁华的新加坡，在地点偏远的火城，租下了一个房间，一家六口挤在一起住。

初到异乡的父亲，在他哥哥的协助下，当起了建筑承包商。早出晚归，日夜拼搏。

母亲呢，足不出户地照顾四个小孩儿。外头的花花世界，她连看一眼的兴趣也没有。邻居的东家长、西家短，她充耳不闻。

柴米油盐酱醋茶、尿布桌布窗帘布，是她生活的全部。写作与阅读，和她已成了毫不相干的两码事。

在那段年轻的日子里，我曾是母亲眼中的刺猬。有一回，闹了情绪，受了责骂，足足几天，不和母亲对话。晚上，她一边抹桌子，一边叹气，说："我是你母亲呢，怎么说你几句就当我是仇人。"

我抬头看她，就在明亮的灯光下，我看到她头上闪出了几根刺目的白发，眉眼处也牵出了几道惹目的皱纹。

我很震惊。母亲居然有白头发、有小皱纹了呢！千句万句"对不起"，悄悄地在心底响了千遍万遍，可是，说不出口来。

上了大学，忙着适应新生活、忙着结交新朋友，就算是周末也好似蜻蜓点水似的，轻轻一转，又飞离家门，在外头辽阔的世界里寻找自己的大快乐。

这时，父亲的事业已经有了很好的基础，生活过得很宽裕。孩子又一个个长大了，母亲有了可以随意外出看戏购物的时间、自由和经济能力，可是，她依然还是足不出户。她窝在家里，弹钢琴、读书报、看电视、听音乐。这些，原都是她生活里的最爱，可是，生命里有一段很长很长的时间为生活而挣扎，她默默地痛苦地把它们都放弃了。现在，有了重温旧梦的机会，她当然紧紧地抓住每一分每一秒来充分享受了。

母亲偶尔外出，也是为了拾掇青春期间曾有的快乐：她去游泳。尽管"荒废"了那么多年，可是，她的泳术并不曾生疏。

一跳进蔚蓝的池水里，她便化成了一条灵活的鱼，溜溜滑滑的由一头游到另一头去。整个游泳池的水，都感染了她的快乐而轻快地荡漾着。有时，亲戚从外地来访，大家一块儿到马林百列公园去野餐。这时，母亲便会租一辆自行车从草地中央的羊肠小道飞来驰去。

我大学毕业那一年，五十余岁的母亲"自动请缨"地为我誊抄洋洋十多万字的毕业论文。伏在闪着亮泽的花梨木桌上，母亲心无旁骛地把秀丽如花的字一个一个嵌入纤细的格子里。

去年，当上了专科医生的弟弟把父母亲都接到英国去住了。母亲寄来了大沓的照片：在伦敦大桥下的、在蜡像馆与伊丽莎白女皇合摄的、在泰弗加广场让鸽子站在肩膀上拍摄的……全都显得神采飞扬。

在给我的信里，她说："几十年来，活在琐碎的家务中，整个人都好像是套在一个固定的模式里，很腻。现在，来到了风光明媚的伦敦，过着不必为开门七件事而烦心的生活，我好像亦回到了青春期那种无忧无虑的日子里。这些年来，养儿育女的艰辛，一言难尽；但是，在舒适的晚年里看到儿女事业有成，那种满足感和成就感，也是我难以描绘的。"

然而，母亲的"满足感"和"成就感"，是她押了一生的岁月而换取的！

朱永新感悟：

　　这是一位才华横溢的母亲，大家闺秀，通晓中英双语，写得一手好文章。弹钢琴、读书报、看电视、听音乐，都是她生活里的最爱。可是，有一段很长很长的时间，为生活所迫，她不得不放弃了这一切。柴米油盐酱醋茶、尿布桌布窗帘布，成为她生活的全部。但是，无论何时何地，她都没有放弃梦想。她用行动为孩子做出了榜样。

史铁生

史铁生（1951—2010），中国当代小说家、散文家，代表作品有《我遥远的清平湾》《我与地坛》《命若琴弦》等，2015—2017年十二卷本《史铁生全集》陆续出版。其作品先后获全国优秀短篇小说奖、鲁迅文学奖、华语文学传媒大奖等多种全国文学大奖。多部作品被译为日、英、法、德等文字在海外出版。

合欢树 / 史铁生

　　十岁那年，我在一次作文比赛中得了第一。母亲那时候还年轻，急着跟我说她自己，说她小时候的作文作得还要好，老师甚至不相信那么好的文章会是她写的。"老师找到家来问，是不是家里的大人帮了忙。我那时可能还不到十岁呢。"

　　我听得扫兴，故意笑："可能？什么叫可能还不到？"她就解释。我装作根本不再注意她的话，对着墙打乒乓球，把她气得够呛。不过我承认她聪明，承认她是世界上长得最好看的女的。她正给自己做一条蓝地白花的裙子。

二十岁，我的两条腿残废了。除去给人家画彩蛋，我想我还应该再干点别的事，先后改变了几次主意，最后想学写作。母亲那时已不年轻，为了我的腿，她头上开始有了白发。医院已经明确表示，我的病目前没办法治。

母亲的全副心思却还放在给我治病上，到处找大夫，打听偏方，花很多钱。她倒总能找来稀奇古怪的药，让我吃，让我喝，或者是洗、敷、熏、灸。"别浪费时间啦！根本没用！"我说，我一心只想着写小说，仿佛那东西能把残废人救出困境。"再试一回，不试你怎么知道会没用？"她说，每一回都虔诚地抱着希望。

然而对我的腿，有多少回希望就有多少回失望。最后一回，我的胯上被熏成烫伤。医院的大夫说，这实在太悬了，对于瘫痪病人，这差不多是要命的事。我倒没太害怕，心想死了也好，死了倒痛快。母亲惊惶了几个月，昼夜守着我，一换药就说："怎么会烫了呢？我还直留神呀！"幸亏伤口好起来，不然她非疯了不可。

后来她发现我在写小说。她跟我说："那就好好写吧。"我听出来，她对治好我的腿也终于绝望。"我年轻的时候也最喜欢文学，"她说，"跟你现在差不多大的时候，我也想过搞写作，"她说，"你小时候的作文不是得过第一？"她提醒我说。

我们俩都尽力把我的腿忘掉。她到处去给我借书，顶着雨或冒了雪推我去看电影，像过去给我找大夫、打听偏方那样，抱了希望。

三十岁时，我的第一篇小说发表了，母亲却已不在人世。过了几年，我的另一篇小说又侥幸获奖，母亲已经离开我整整七年。

获奖之后，登门采访的记者就多。大家都好心好意，认为我不容易。但是我只准备了一套话，说来说去就觉得心烦。

我摇着车躲出去，坐在小公园安静的树林里，想：上帝为什么早早地召母亲回去呢？迷迷糊糊的，我听见回答："她心里太苦了。上帝看她受不住了，就召她回去。"我的心得到一点安慰，睁开眼睛，看见风正在树林里吹过。

我摇车离开那儿，在街上瞎逛，不想回家。

母亲去世后，我们搬了家。我很少再到母亲住过的那个小院儿去。小院儿在一个大院儿的尽里头。我偶尔摇车到大院儿去坐坐，但不愿意去那个小院儿，推说手摇车进去不方便，院儿里的老太太们还都把我当儿孙看，尤其想到我又没了母亲，但都不说，光扯些闲话，怪我不常去。我坐在院子当中，喝东家的茶，吃西家的瓜。

有一年，人们终于又提到母亲："到小院儿去看看吧，你妈种的那棵合欢树今年开花了！"我心里一阵抖，还是推说手摇车进出太不易。大伙就不再说，忙扯些别的，说起我们原来住的房子里现在住了小两口，女的刚生了个儿子，孩子不哭不闹，光是瞪着眼睛看窗户上的树影儿。

　　我没料到那棵树还活着。那年，母亲到劳动局去给我找工作，回来时在路边挖了一棵刚出土的"含羞草"，以为是含羞草，种在花盆里长，竟是一棵合欢树。

　　母亲从来喜欢那些东西，但当时心思全在别处。第二年合欢树没有发芽，母亲叹息了一回，还不舍得扔掉，依然让它长在瓦盆里。第三年，合欢树却又长出叶子，而且茂盛了。母亲高兴了很多天，以为那是个好兆头，常去侍弄它，不敢再大意。又过一年，她把合欢树移出盆，栽在窗前的地上，有时念叨，不知道这种树几年才开花。再过一年，我们搬了家，悲痛弄得我们都把那棵小树忘记了。

　　与其在街上瞎逛，我想，不如就去看看那棵树吧。我也想再看看母亲住过的那间房。我老记着，那儿还有个刚来到世上的孩子，不哭不闹，瞪着眼睛看树影儿。是那棵合欢树的影子吗？小院儿里只有那棵树。

　　院儿里的老太太们还是那么欢迎我，东屋倒茶，西屋点烟，送到我跟前。大伙都不知道我获奖的事，也许知道，但不觉得那很重要；还是都问我的腿，问我是否有了正式工作。

　　这回，想摇车进小院儿真是不能了。家家门前的小厨房都扩大，过道窄到一个人推自行车进出也要侧身。我问起那棵合欢树。大伙说，年年都开花，长到房高了。这么说，我再也看不见它了。我要是求人背我去看，倒也不是不行。我挺后悔前两年没有自己摇车进去看看。

我摇着车在街上慢慢走，不急着回家。人有时候只想独自静静地待一会儿。悲伤也成享受。

有一天那个孩子长大了，会想起童年的事，会想起那些晃动的树影儿，会想起他自己的妈妈，他会跑去看看那棵树。但他不会知道那棵树是谁种的，是怎么种的。

朱永新感悟：

合欢树，是关于母亲的记忆。

史铁生还写过《秋天的怀念》，也是一篇感人肺腑的怀念母亲的文章。我记得其中有一个细节：当史铁生狠命地捶打自己两条残废的腿，声嘶力竭地喊着"我活着有什么劲！"的时候，已经病入膏肓的母亲扑过来抓住儿子的手，忍住哭声说："咱娘儿俩在一块儿，好好儿活，好好儿活……"为了成就儿子的写作梦想，病重的母亲不顾自己的身体，四处寻书借书，冒雨迎雪推着儿子去看电影。现在，他们母子在另外一个世界见面了。我想，他们的院子里，一定也有一棵合欢树。

赵丽宏

赵丽宏（1952—　　），中国当代著名诗人、散文家、儿童文学作家。中国作家协会全国委员会委员，上海作家协会副主席，《上海文学》杂志社名誉社长，出版有散文集、诗集等各种专著九十余部。散文集《诗魂》获新时期全国优秀散文集奖，《日晷之影》获首届冰心散文奖，作品另获塞尔维亚斯梅德雷沃"金钥匙国际诗歌奖"、上海文学艺术杰出贡献奖等国内外多种奖项。

母亲和书／赵丽宏

又出了一本新书。第一本要送的，当然是我的母亲。在这个世界上，最关注我的，是她老人家。

母亲的职业是医生。年轻的时候，母亲是个美人，我们兄弟姐妹都没有她年轻时独有的那种美质。儿时，我最喜欢看母亲少女时代的老照片，她穿着旗袍，脸上含着文雅的微笑，比旧社会留下来的年历牌上那些美女漂亮得多，就是三四十年代上海滩那几个最有名的电影明星，也没有母亲美。母亲小时候上的是教会的学校，受过很严格的教育。她是一个受到病人称赞的好医生。看到她为病人开处方时随手写出的那些流利的拉丁文，我由衷地钦佩母亲。

在我童年的记忆里，母亲是个严肃的人，她似乎很少对孩子们做出亲昵的举动。而父亲则不一样，他整天微笑着，从来不发脾气，更不要说动手打孩子。因为母亲不苟言笑，有时候也要发火训人，我们都有点怕她。记得母亲打过我一次，那是在我七岁的时候。那天，我在楼下的邻居家里顽皮，打碎了一张清代红木方桌的大理石桌面，邻居上楼来告状，母亲生气了，当着邻居的面用巴掌在我的身上拍了几下，虽然声音很响，但一点也不痛。我从小就自尊心强，母亲打我，而且当着外人的面，我觉得很丢面子。尽管那几下打得不重，我却好几天不愿意和她说话，你可以说我骂我，为什么要打人？后来父亲悄悄地告诉我一个秘密："你不要记恨你妈妈，那几下，她是打给楼下告状的人看的，她才不会真的打你呢！"我这才原谅了母亲。

我后来发现，母亲其实和父亲一样爱我，只是她比父亲含蓄。上学后，我成了一个书迷，天天捧着一本书，吃饭看，上厕所也看，晚上睡觉，常常躺在床上看到半夜。对读书这件事，父亲从来不干涉，我读书时，他有时还会走过来摸摸我的头。而母亲却常常限制我，对我正在读的书，她总是要拿去翻一下，觉得没有问题，才还给我。如果看到我吃饭读书，她一定会拿掉我面前的书。一天吃饭时，我老习惯难改，一边吃饭一边翻一本书。母亲放下碗筷，板着脸伸手抢过我的书，说："这样下去，以后不许你再看书了。"我问她为什么，她说："读书是一辈子的事情，你现在这样读法，会把自己的眼睛毁了，将来想读书也没法读。"她以一个医生的看法，对我读书的坏习惯作了分析，她说："如果你觉得眼睛坏了也无所谓，你就这样读下去吧，将来变成个瞎子，后悔来不及。"我觉得母亲是在小题大做，并不当一回事。

其实，母亲并不反对我读书，她真的是怕我读坏了眼睛。虽然嘴里唠叨，可她还是常常从单位里借书回来给我读。《水浒传》《说岳全传》《万花楼》《隋唐演义》《东周列国志》《格林童话》《钢铁是怎样炼成的》《牛虻》等书，就是她最早借来给我读的。我过八岁生日时，母亲照惯例给我煮了两个鸡蛋，还买了一本书送给我，那是一本薄薄的小书《卓娅和舒拉的故事》。在50年代，哪个孩子生日能得到母亲送的书呢？

中学毕业后，我经历了不少人生的坎坷，成了一个作家。在我从前的印象中，父亲最在乎我的创作。那时我刚刚开始发表作品，知道哪家报刊上有我的文章，父亲可以走遍全上海的邮局和书报摊买那一期报刊。我有新书出来，父亲总是会问我要。我在书店签名售书，父亲总要跑来看热闹，他把因儿子的成功而生出的喜悦和骄傲全都写在脸上。而母亲，却从来不在我面前议论文学，从来不夸耀我的成功。我甚至不知道母亲是否读我写的书。有一次，父亲在我面前对我的创作问长问短，母亲笑他说："看你这得意的样子，好像全世界只有你儿子一个人是作家。"

父亲去世后，母亲一下子变得很衰老。为了让母亲从悲伤沉郁的情绪中解脱出来，我们一家三口带着母亲出门旅行，还出国旅游了一次。和母亲在一起，谈话的话题很广，却从不涉及文学，从不谈我的书。我怕谈这话题会使母亲尴尬，她也许会无话可说。

去年，上海文艺出版社出版了我的一套自选集，四厚本，一百数十万字，字印得很小。我想，这样的书，母亲不会去读，便没有想到送给她。一次我去看母亲，她告诉我，前几天，她去书店了。我问她去干什么，母亲笑着说："我想买一套《赵丽宏自选集》。"我一愣，问道："你买这书干什么？"母亲回答："读啊。"看我不相信的脸色，母亲又淡淡地说："我读过你写的每一本书。"说着，她走到房间角落里，那里有一个被帘子遮着的暗道。母亲拉开帘子，里面是一个书橱。"你看，你写的书，一本也不少，都在这里。"我过去一看，不禁吃了一惊，书橱里，我这二十年中出版的几十本书都在那里，按出版的年份整整齐齐地排列着，一本也不少，有几本，还精心包着书皮。其中的好几本书，我自己也找不到了。我想，这大概是全世界收藏我的著作最完整的地方。

看着母亲的书橱，我感到眼睛发热，好久说不出一句话。她收集我的每一本书，却从不向人炫耀，只是自己一个人读。其实，把我的书读得最仔细的，是母亲。母亲，你了解自己的儿子，而儿子却不懂得你！我感到羞愧。

母亲微笑着凝视我，目光里流露出无限的慈爱和关怀。母亲老了，脸上皱纹密布，年轻时的美貌已经遥远得找不到踪影。然而在我的眼里，母亲却比任何时候都美。世界上，还有什么比母爱更美丽更深沉呢？

朱永新感悟：

赵丽宏是我多年的好朋友。每次听他讲母亲和父亲的故事，特别是每天晚上无论身处何地准时和母亲通话的故事，总是热泪盈眶。这篇文章以书为主题，讲述了自己读书与母亲藏书的故事。作为医生的母亲，一方面为孩子热爱读书而开心，一方面又要培养孩子健康读书的生活方式，细微之处见真情。更加让人感动的是，母亲悄悄收集并且读完了儿子的每一本书，连丽宏也不得不感叹："其实，把我的书读得最仔细的，是母亲。"培养了一个爱读书、会写书的儿子，应该是丽宏妈妈一生的骄傲。

毕淑敏

毕淑敏（1952— ），北京作家协会副主席、国家一级作家、内科主治医师、著名心理咨询师。曾获解放军文艺奖，庄重文文学奖，《小说月报》百花奖，《当代》文学奖等各种文学奖三十余次，被王蒙誉为"文学界的白衣天使"。主要著作有长篇小说《红处方》《血玲珑》《拯救乳房》《女心理师》《鲜花手术》等，有《毕淑敏文集》十二卷。

回家去问妈妈 / 毕淑敏

那一年游敦煌回来，兴奋地同妈妈谈起戈壁的黄沙和祁连山的雪峰。说到在丝绸之路上僻远的安西，哈密瓜汁甜得把嘴唇粘在一起……

安西！多么遥远的地方！我在那里体验到莫名其妙的感动。除了我，咱们家谁也没有到过那里！我得意地大叫。

一直安静听我说话的妈妈，淡淡地插了一句：在你不到半岁的时候，我就怀抱着你，走过安西。

我大吃一惊，从未听妈妈谈过这段往事。

妈妈说你生在新疆，长在北京。难道你是飞来的不成？以前我一说起带你赶路的事情，你就嫌烦。说知道啦，别再啰嗦。

我说，我以为你是坐火车来的，一件司空见惯的事情。

妈妈依旧淡淡地说，那时候哪有火车？从星星峡经柳园到兰州，我每天抱着你，天不亮就爬上装货卡车的大厢板，在戈壁滩上颠呀颠，半夜才到有人烟的地方。你脏得像个泥巴娃娃，几盆水也洗不出本色……

我静静地倾听妈妈的描述，才知道我在幼年时曾带给母亲那样的艰难，才知道发生在安西的感动源远流长。

我突然意识到，在我和最亲近的母亲之间，潜伏着无数盲点。

我们总觉得已经成人，母亲只是一间古老的旧房。她给我们的童年以遮避，但不会再提供新的风景。我们急切地投身外面的世界，寻找自我的价值。全神贯注地倾听上司的评论，字斟句酌地印证众人的口碑，反复咀嚼朋友随口吐露的一滴印象，甚至会为恋人一颦一笑的涵意彻夜思索……我们极其在意世人对我们的看法，因为世界上最困难的事莫过于认识自己。

我们恰恰忘了，当我们环视整个世界的时候，有一双微微眯起的眼睛，始终在背后凝视着我们。

那是妈妈的眼睛啊！

我们幼年的顽皮，我们成长的艰辛，我们与生俱来的弱点，我们异于常人的秉赋……我们从小到大最详尽的档案，我们失败与成功每一次的记录，都贮存在母亲宁静的眼中。

她是世界上第一个认识我们的人。我们何时长第一颗牙？我们何时说第一句话？我们何时跌倒了不再哭泣？我们何时骄傲地昂起了头颅？往事像长久不曾加洗的旧底片，虽然暗淡却清晰地存放在母亲的脑海中，期待着我们将它放大。

所有的妈妈都那么乐意向我们提起我们小时的事情，她们的眼睛在那一瞬露水般的年轻。我们是她们制造的精品，她们像手艺精湛的老艺人，不厌其烦地描绘打磨我们的每一个过程。

我们厌烦了。我们觉得幼年的自己是一件半成品，更愿以光润明亮、色彩鲜艳、包装精美的成年姿态，出现在众人面前。

于是我们不客气地对妈妈说：老提那些过去的事，烦不烦呀？别说了，好不好？！

从此，母亲就真的噤了声，不再提起往事。有时候，她会像抛上岸的鱼，突然张开嘴，急速地扇动着气流……她想起了什么，但她终于什么也没有说，干燥地合上了嘴唇。我们熟悉了她的这种姿势，以为是一种默契。

为什么怕听母亲讲过去的事情？是不愿承认我们曾经弱小？是不愿承载亲人过多的恩泽？我们在人海茫茫世事纷繁中无暇多想，总以为母亲会永远陪伴在身边，总以为将来会有某一天让她将一切讲完。

在一个猝不及防的刹那，冰冷的铁门在我们身后戛然落下。温暖的目光折断了翅膀，掩埋在黑暗的那一边。

我们在悲痛中愕然回首，才发现自己远远没有长大。

我们像一本没有结尾的书，每一个符号都是母亲用血书写。我们还未曾读懂，著者已撒手离去。从此我们面对书中的无数悬念和秘密，无以破译。

我们像一部手工制造的仪器，处处缠绕着历史的线路。母亲走了，那惟一的图纸丢了。从此我们不得不在暗夜中孤独地拆卸自己，焦灼地摸索着组合我们性格的规律。

当那个我们快乐时，她比我们更欢喜；我们忧郁时，她比我们更苦闷的人，头也不回地远去的时候，我们大梦初醒。

损失了的文物永不能复原，破坏了的古迹再不会重生。我们曾经满世界地寻找真诚，当我们明白最晶莹的真诚就在我们身后时，猛回头，它已永远熄灭。

我们流落世间，成为飘零的红叶。

趁老树虬蚺的枝丫还郁郁葱葱时，让我们赶快跑回家，去问妈妈。

问她对你充满艰辛的诞育，问她独自经受的苦难。问清你幼小时的模样，问清她对你所有的期冀……你安安静静地偎依在她的身旁，听她像一个有经验的老农，介绍风霜雨雪中每一穗玉米的收成。

一定要赶快啊！生命给我们的允诺并不慷慨，两代人命运的云梯衔接处，时间只是窄窄的台阶。从我们明白人生的韵律，距父母还能明晰地谈论以往，并肩而行的日子屈指可数。

给母亲一个机会，让她重温创造的喜悦；给自己一个机会，让我深刻洞察尘封的记忆；给众人一个机会，让他全面搜集关于一个人一个时代的故事。

在春风和煦或是大雪纷飞的日子，赶快跑回家，去问妈妈。让我们一齐走向从前，寻找属于我们的童话。

朱永新感悟：

这是一篇似乎没有教育故事的散文。但是，我非常喜欢它。因为，它提醒了我们，要学会与母亲对话，学会记录那些儿童时代关于自己的故事。正如作者所说的那样：给母亲一个机会，让她重温创造的喜悦。所有的妈妈都非常乐意讲述孩子童年的往事，因为"我们是她们制造的精品，她们像手艺精湛的老艺人，不厌其烦地描绘打磨我们的每一个过程"。给自己一个机会，让自己深刻洞察尘封的记忆，知道自己来时的路。给众人一个机会，可以了解一个人与一个时代的故事。

林清玄

林清玄（1953—2019），中国台湾当代作家、散文家。曾任台湾《中国时报》主编，连续七次获台湾《中国时报》文学奖、散文奖和报导文学奖、台湾报纸副刊专栏金鼎奖等多个奖项。代表作有《菩提十书》《清净之莲》《桃花心木》《生命的化妆》《身心安顿》等。

飞入芒花／林清玄

母亲蹲在厨房的大灶旁边，手里拿着柴刀，用力劈砍香蕉树多汁的草茎，然后把剁碎的小茎丢到灶中大锅，与馊水同熬，准备去喂猪。

我从大厅迈过后院，跑进厨房时正看到母亲额上的汗水反射着门口射入的微光，非常明亮。

"妈，给我两角。"我靠在厨房的木板门上说。

"走！走！走！没看到没闲吗？"母亲头也没抬，继续做她的活儿。

"我只要两角钱。"我细声但坚定地说。

"要做什么？"母亲被我这异乎寻常的口气触动，终于看了我一眼。

"我要去买金啖。"金啖是三十年前乡下孩子唯一能吃到的糖，浑圆的，坚硬糖球上粘了一些糖粒。一角钱两颗糖。

"没有钱给你买金啖。"母亲用力地把柴刀剁下去。

"别人都有？为什么我们没有？"我怨愤地说。

"别人是别人，我们是我们，没有就是没有！"母亲显然动了肝火，用力地剁香蕉块，柴刀砍在砧板上咚咚作响。

我那一天是吃了秤锤铁了心，冲口而出："不管，我一定要！"说着就用力踢厨房的门板。

母亲用尽力气，柴刀咔的一声站立在砧板上，顺手抄起一根生火的竹管，气急败坏地一言不发，劈头劈脑就打了下来。

我一转身，飞也似的奔了出去。平常，我们一旦忤逆了母亲，只要一溜烟跑掉，她就不再追究。

那一天，母亲大概是气极了，并没有转头继续工作，反而快速地追了出来。像一阵风，我心里升起一种恐怖的感觉，想到脾气一向很好的母亲，这一次大概是真正生气了，万一被抓到一定会被狠狠打一顿。母亲很少打我们，但只要她动了手，必然会把我们打到讨饶为止。

边跑边想，我立即选择了那条火车路的小径，那是家附近比较复杂而难走的小路，整条路都是枕木，通常母亲追我们的时候，我们就选这条路跑，母亲往往不会继续追来，而她也很少把气生到晚上。

那一天真是反常极了，母亲提着竹管，快步地跨过铁轨的枕木追过来，好像不追到我不肯罢休。

"唉哟！"我跑过铁桥时，突然听到母亲惨叫一声，一回头，正好看到母亲扑跌在铁轨上面，砰的一声，显然跌得不轻。

我的第一个反应，一定很痛！因为铁轨上铺的都是不规则的石子，我们这些小骨头跌倒都痛得半死，何况是母亲？

我停下来，转身看母亲，她一时爬不起来，用力搓着膝盖，我看到鲜血从她的膝上汩汩流出，鲜红色的，非常鲜明。母亲咬着牙看我。

我不假思索地跑回去，跑到母亲身边，用力扶她站起来，看到她腿上的伤势实在不轻，我跪下去说："妈，您打我吧！我错了。"

母亲把竹管用力地丢在地上，这时，我才看见她的泪从眼中急速的流出，然后她把我拉起来，用力抱着我，我听到火车从很远的地方开过来。

这是我小学二年级时的一幕，每次一想到母亲，那情景就立即回到我的脑海，重新显影。

另一幕是，有时候家里没有了青菜，母亲会牵着我的手，穿过家前的一片芒花，到番薯田里去采番薯叶，有时候到溪畔野地去摘鸟莘菜或芋头的嫩茎。有一次母亲和我穿过芒花的时候，我发现她和新开的芒花一般高。芒花雪样的白，母亲的发墨一般的黑，真是非常的美。那时感觉到能让母亲牵着手，真是天下最幸福的事儿。

还有一幕经常上演的，是父亲到外面去喝酒彻夜未归，如果是夏日的夜晚，母亲就会搬着藤椅坐在晒谷场说故事给我们听，讲虎姑婆，或者孙悟空，讲到孩子都睁不开眼睛而倒在地上睡着。

有一回，她说故事到一半，突然叫起来说："呀！真美。"我们回过头去原来是我们家的狗互相追逐跑进前面那一片芒花，栖在芒花里无数的萤火虫哗然飞起，满天星星点点，衬着在月光下波浪一样摇曳的芒花，真是美极了。美得让我们都呆住了，我再回头，看到那时才三十岁的母亲，脸上流露着欣悦的光泽，在星空下，我深深觉得母亲是多么美丽。

于是那一夜，我们坐在母亲的身侧，看萤火虫一一地飞入芒花，最后，只剩下一片宁静优雅的芒花轻轻摇动。

不久前，我回到乡下，看到旧家前的那一片芒花已经完全不见了，盖起一间一间的秀天厝，现在那些芒花呢？仿佛都飞来开在母亲的头上，母亲的头发已经花白了，我想起母亲那年轻时候走过芒花的黑发，不禁百感交集。

童年时代，陪伴母亲看萤火虫飞入芒花的星星点点，在时空无常的流变里也不再有了，只有当我望见母亲的白发时才想起这些，想起萤火虫如何从芒花中哗然飞起，想起母亲脸上突然绽放的光泽，想起在这广大的人间，我唯一的母亲。

朱永新感悟：

　　林清玄在这篇文章中讲述的两个故事，是典型的教育案例。其一，如何面对孩子不合理的要求。本来，孩子想吃糖是一个合理的要求，哪个孩子不馋嘴呢？但是，在遭到母亲的拒绝以后想用踢门这样的方法来满足自己的需求，就是不能够容忍的行为了。其二，如何给孩子讲故事。故事是孩子成长不可缺失的营养，也许，正是那些夏日夜晚的故事，造就了日后会讲故事的作家。其三，如何带着孩子走进大自然。"栖在芒花里无数的萤火虫哗然飞起，满天星星点点，衬着在月光下波浪一样摇曳的芒花，真是美极了。"作者的这个感叹，正是说明早期的自然教育，对于培养孩子亲近自然的习惯养成具有重要的意义。

王安忆

王安忆（1954 —　），中国当代作家、文学家，中国作家协会副主席、上海市作家协会主席、复旦大学中文系教授。长篇小说《长恨歌》获第五届茅盾文学奖，短篇小说《发廊情话》获第三届鲁迅文学奖优秀短篇小说奖，长篇小说《天香》获第四届世界华文长篇小说奖"红楼梦奖"首奖，2013 年获法兰西文学艺术骑士勋章。

风筝 / 王安忆

天下的母亲都爱操心，我妈妈是天下母亲中最爱操心的母亲。在她眼里，我们儿女全是还没孵出蛋壳的鸡，她必须永远孵着我们。

小时候，姐姐上小学了。她最惧怕的是毛毛虫和图画课。她画出的人全有着一副极可怕的嘴脸，图画老师只能摇头，叹息也叹息不出了。有一次，她有点不舒服，可是有一项回家作业却没有完成。那是一幅画，要画一只苹果。她为难得哭了。妈妈说："我来帮你画。"吃过晚饭，妈妈拿来姐姐的蜡笔和铅画纸，在灯下铺张开来。她决心要好好地画一只苹果，为姐姐雪耻。妈妈画得很仔细，很认真，运用了多种颜色。记得那是一只色彩极其复杂的苹果，一半红，一半绿，然后，红和绿渐渐接近，相交，汇合，融入。姐姐则躺在床上哭："老师要一只红的。"

　　后来，搞"文化大革命"了，姐姐参加了红卫兵，后来，红卫兵分裂了，姐姐参加了某一派。这一派的观点大约是要把她们学校党的书记拉下马。妈妈和姐姐作了严肃的谈话，大意总之是，怎么能反对党的书记呢？党的书记是党的代表啊！等等。最后，姐姐在学校大操场赫赫然贴出了声明，声明退出这一派，而参加那一派。不久以后，真相大白了，姐姐退出的那一派是"革命派"，而重新参加的那派是"保皇派"。又过了不久，妈妈自己也靠了边。紧接着，爸爸也靠了边。这时，姐姐再弄不懂谁是"革命派"，于是就当了"逍遥派"。

　　妈妈时常辅导我们功课，尤其是算术。她不希望我们去搞文科，而要我们搞理工科。她明白理工科的基础，在小学里便是算术了。有一次，临近大考，她辅导我"换算"。她一定要问我："一丈等于多少米。"我说："老师只要我们知道一米等于多少市尺就行了。"可是，妈妈说，"万一有一道题目是一丈等于多少米，你怎么办呢？"她的逻辑是对的，我想不出任何道理来反驳，于是便只能跳脚了。

其实，她辅导我语文恐怕更合适一些，可她并不辅导，只管制我读书。第一次看《红楼梦》是在我小学四年级，妈妈把那些不适于我读的地方全部用胶布贴了起来，反弄得我好奇得难熬，千方百计想要知道那胶布后面写的是什么。

后来，我和姐姐先后去插队，终于离开了家。可我们却像风筝，飞得再高，线还牢牢地牵在妈妈手里，她时刻注意我们的动向。后来，我到了一个地区级文工团拉大提琴，妈妈凡是路过那里，总要下车住几天。有一次，我告诉她，我们去了一个水利工地演出，那里有一座大理山，有许多大理石等等。妈妈便说："这是个散文的意念，你可以写一个散文。"这时候，我已年过二十，大局已定，身无所长，半路出家的大提琴终不成器。在我们身上寄托的理工之梦早已破灭。又见我一人在外，饱食终日，无所事事，反倒生出许多无事烦恼，便这么劝我了。之后，闲来无事，写成了一篇散文，不料想这成了我第一篇印成铅字的作品，给了我一个当作家的妄想。

然后，我便开始舞文弄墨，每一篇东西必须妈妈过目，然后根据她的意见修正，才能寄往各编辑部，再次聆听编辑的意见，再次修正。她比编辑严格得多，意见提得极其具体、细微。我常有不同意之处，可是总不如她合乎逻辑，讲不清楚，于是又只好跳脚了。

然后，我去了北京讲习所，风筝的线仍然牵在妈妈手里，每一篇东西总是先寄给她看。不过，与先前不同的是，妈妈同意让我听了编辑部的意见以后，再考虑她的意见。这时，我如同闸门打开，写得飞快，一篇连一篇，她实在有些应接不暇了。终于有一天，她紧接一封谈意见的信后又来了一封信，表示撤销前封信，随我去了。

风筝断了线，没头没脑地飞了起来，抑或能飞上天，抑或一头栽了下来，不过，风筝自己也无须有什么怨言了。这后一封信是在我爸爸的劝说下写的，爸爸劝妈妈不要管我，随我自己写去。这是爸爸对我们一贯的政策，他对我们所有的担心只有一点，就是过马路。出门必须说一句："过马路小心！"其他都不管了。似乎普天下只有过马路这一危机，只要安全地穿过马路，人平安无事地在，做什么都行，什么希望都有。倒也简练得可以。

长大以后，说话行事，人家夸，总夸："你爸爸妈妈教养得好。"有所不满，总说："给你爸爸妈妈宠坏了。"似乎，对于我们，自己是一点功绩也没有的。或许也对。小时候，我喜欢画画，画的画也颇说得过去，老师总说："和你姐姐一点不像。"可无奈大人要我学外语，请来教师，一周三次上英语课。我只能敷衍应付。到了末了，连敷衍也敷衍不下去了，只得停了课。

如今，我每周两次，心甘情愿地挤半小时汽车，前往文化宫学习英语，苦不堪言地与衰退的记忆力做着搏斗，不由想，假如当年，父母对我拳棒相加，也许这会儿早能看懂原版著作了。再一想，假如当年，大人听顺我的志趣，或许现在也能画几笔了。倒是这样似管非管，似不管非不管，弄出了个做小说的梦。想来想去，儿女总是父母的作品。他们管也罢，不管也罢，都是他们的作品。风筝或许是永远挣不断线的。

朱永新感悟：

王安忆说，儿女总是父母的作品。她自己当然不例外。

在这篇短小精悍的文章中，我看到了好几个感人的教育场景。姐姐上学后画画作业没有完成，母亲认真地用蜡笔和铅画纸帮助她完成了作业。女儿读《红楼梦》，母亲把她认为不适合孩子读的部分用胶布贴住。拉大提琴的女儿被她劝说去写散文，结果真的培养出了一位了不起的作家。就是这样的"似管非管，似不管非不管，弄出了个做小说的梦"。

莫言

莫言（1955— ），中国当代作家，中国作协第九届全国委员会副主席。1986年发表中篇小说《红高粱》，在文坛引起轰动，著有长篇小说《食草家族》《酒国》《丰乳肥臀》《红树林》《檀香刑》《生死疲劳》等。2011年凭借小说《蛙》获得茅盾文学奖，2012年摘得诺贝尔文学奖，成为首位获得该奖的中国籍作家。

母亲的歌唱／莫　言

　　我出生于山东省高密县一个偏僻落后的乡村。5岁的时候，正是中国历史上一个艰难的岁月。生活留给我最初的记忆是母亲坐在一棵白花盛开的梨树下，用一根洗衣用的紫红色的棒槌，在一块白色的石头上，捶打野菜的情景。绿色的汁液流到地上，溅到母亲的胸前，空气中弥漫着野菜汁液苦涩的气味。那棒槌敲打野菜发出的声音，沉闷而潮湿，让我的心感到一阵阵地紧缩。

　　这是一个有声音、有颜色、有气味的画面，是我人生记忆的起点，也是我文学道路的起点。我用耳朵、鼻子、眼睛、身体来把握生活，来感受事物。储存在我脑海里的记忆，都是这样的有声音、有颜色、有气味、有形状的立体记忆，活生生的综合性形象。这种感受生活和记忆事物的方式，在某种程度上决定了我小说的面貌和特质。这个记忆的画面中更让我难以忘却的是，愁容满面的母亲，在辛苦地劳作时，嘴里竟然哼唱着一支小曲！当时，在我们这个人口众多的大家庭中，劳作最辛苦的是母亲，饥饿最严重的也是母亲。她一边捶打野菜一边哭泣才符合常理，但她不是哭泣而是歌唱，这一细节，直到今天，我也不能很好地理解它所包含的意义。

　　我母亲没读过书，不认识文字，她一生中遭受的苦难，真是难以尽述。战争、饥饿、疾病，在那样的苦难中，是什么样的力量支撑她活下来，是什么样的力量使她在饥肠辘辘、疾病缠身时还能歌唱？我在母亲生前，一直想跟她谈谈这个问题，但每次我都感到没有资格向母亲提问。有一段时间，村子里连续自杀了几个女人，我莫名其妙地感到了一种巨大的恐惧。那时候我们家正是最艰难的时刻，父亲被人诬陷，家里存粮无多，母亲旧病复发，无钱医治。我总是担心母亲走上自寻短见的绝路。每当我下工归来时，一进门就要大声喊叫，只有听到母亲的回答时，心中才感到一块石头落了地。有一次下工回来已是傍晚，母亲没有回答我的呼喊，我急忙跑到牛栏、磨房、厕所里去寻找，都没有母亲的踪影。我感到最可怕的事情发生了，不由地大声哭起来。这时，母亲从外边走了进来。母亲对我的哭泣非常不满，她认为一个人尤其是男人不应该随便哭泣。她追问我为什么哭。我含糊其词，不敢对她说出我的担忧。母亲理解了我的意思，她对我说：孩子，放心吧，阎王爷不叫我是不会去的！

母亲的话虽然腔调不高，但使我陡然获得了一种安全感和对于未来的希望。多少年后，当我回忆起母亲这句话时，心中更是充满了感动，这是一个母亲对她的忧心忡忡的儿子做出的庄严承诺。活下去，无论多么艰难也要活下去！尽管母亲已经被阎王爷叫去了，但母亲这句话里所包含着的面对苦难挣扎着活下去的勇气，将永远伴随着我，激励着我。

我曾经从电视上看到过一个让我终生难忘的画面：以色列重炮轰击贝鲁特后，滚滚的硝烟尚未散去，一个面容憔悴、身上沾满泥土的老太太便从屋子里搬出一个小箱子，箱子里盛着几根碧绿的黄瓜和几根碧绿的芹菜。她站在路边叫卖蔬菜。当记者把摄像机对准她时，她高高地举起拳头，嗓音嘶哑但异常坚定地说：我们世世代代生活在这块土地上，即使吃这里的沙土，我们也能活下去！

老太太的话让我感到惊心动魄，女人、母亲、土地、生命，这些伟大的概念在我脑海中翻腾着，使我感到了一种不可消灭的精神力量，这种即使吃着沙土也要活下去的信念，正是人类历尽劫难而生生不息的根本保证。这种对生命的珍惜和尊重，也正是文学的灵魂。

在那些饥饿的岁月里，我看到了许多因为饥饿而丧失了人格尊严的情景，譬如为了得到一块豆饼，一群孩子围着村里的粮食保管员学狗叫。保管员说，谁学得最像，豆饼就赏赐给谁。我也是那些学狗叫的孩子中的一个。大家都学得很像。保管员便把那块豆饼远远地掷了出去，孩子们蜂拥而上抢夺那块豆饼。这情景被我父亲看到眼里。回家后，父亲严厉地批评了我。爷爷也严厉地批评了我。爷爷对我说：嘴巴就是一个过道，无论是山珍海味，还是草根树皮，吃到肚子里都是一样的，何必为了一块豆饼而学狗叫呢？人应该有骨气！他们的话，当时并不能说服我，因为我知道山珍海味和草根树皮吃到肚子里并不一样！但我也感到了他们的话里有一种尊严，这是人的尊严，也是人的风度。人，不能像狗一样活着。

我的母亲教育我，人要忍受苦难，不屈不挠地活下去；我的父亲和爷爷又教育我人要有尊严地活着。他们的教育，尽管我当时并不能很好地理解，但也使我获得了一种面临重大事件时做出判断的价值标准。

饥饿的岁月使我体验和洞察了人性的复杂和单纯，使我认识到了人性的最低标准，使我看透了人的本质的某些方面，许多年后，当我拿起笔来写作的时候，这些体验，就成了我的宝贵资源，我的小说里之所以有那么多严酷的现实描写和对人性的黑暗毫不留情的剖析，是与过去的生活经验密不可分的。当然，在揭示社会黑暗和剖析人性残忍时，我也没有忘记人性中高贵的有尊严的一面，因为我的父母、祖父母和许多像他们一样的人，为我树立了光辉的榜样。这些普通人身上的宝贵品质，是一个民族能够在苦难中不堕落的根本保障。

朱永新感悟：

莫言先生的这篇文章原名《母亲》，选编时我改为现在的题目《母亲的歌唱》。莫言笔下的母亲勤劳、善良、坚韧，她没读过书，不认识文字，遭受了战争、饥饿、疾病等种种苦难，但是她从来没有放弃对美好生活的向往，不屈不挠地活下去。连自己的儿子都奇怪：究竟是什么样的力量支撑她活下来，"是什么样的力量使她在饥肠辘辘、疾病缠身时还能歌唱"？莫言先生告诉读者，母亲曾经对他的哭泣非常不满，认为"一个人尤其是男人不应该随便哭泣"。母亲虽然没有说出"男儿有泪不轻弹"的诗句，但是她面对苦难挣扎着活下去的勇气，却是莫言前行的力量，将永远伴随着他，激励着他。

铁凝

铁凝（1957—　），中国当代作家，现任中国文学艺术界联合会主席、中国作家协会主席。代表作有长篇小说《玫瑰门》《大浴女》《笨花》等，中短篇小说《哦，香雪》《伊琳娜的礼帽》等。曾多次获得全国优秀中短篇小说奖、鲁迅文学奖等国家级文学奖，2015年获法国文学艺术骑士勋章，2018年获波兰雅尼茨基文学奖。

母亲在公共汽车上的表现／铁　凝

这里要说的是我母亲在乘公共汽车时的一些表现，但我首先须交代一下我母亲的职业。

我母亲退休前是一名声乐教授。她对自己的职业是满意的，甚至可以说热爱。因此她一开始有点不知道怎样面对退休。她喜欢和她的学生在一起；喜欢听他们那半生不熟的声音是怎样在她日复一日的训练之中成熟、漂亮起来；喜欢那些经她培养考上国内最高音乐学府的学生假期里面回来看望她；喜欢收到学生们的各种贺卡。当然，我母亲有时候也喜欢对学生发脾气。用我母亲的话说，她发脾气一般是由于他们练声时和处理一首歌时的"不认真""笨"。不过在我看来，我母亲对学生发脾气稍显那么点儿煞有介事。

我不曾得见我母亲在课堂上教学，有时候我能看见她在家中为学生上课。学生站着练唱，我母亲坐在钢琴前伴奏。当她对学生不满意时就开始发脾气。当她发脾气时就加大手下的力量，钢琴骤然间轰鸣起来，一下子就盖过了学生的嗓音。奇怪的是我从未被我母亲的这种"脾气"吓着过，只越发觉得她在这时不像教授，反倒更似一个坐在钢琴前随意使性子的孩童。这又何必呢，我暗笑着想。今非昔比，现在的年轻人谁会真在意你的脾气？但我观察我母亲的学生，他们还是惧怕他们这位徐老师（我母亲姓徐）。他们知道这正是徐老师在传授技艺时没有保留没有私心的一种忘我表现，他们服她。可是我母亲退休了。

我记得退休之后的母亲曾经很郑重地对我说过，让我最好别告诉我的熟人和同事她的退休。我说退休了有什么不好，至少你不用每天挤公共汽车了，你不是常说就怕挤车嘛，又累又乏又耗时间。我母亲冲我讪讪一笑，不否认她说过这话，可那神情又分明叫人觉出她对于挤车的某种留恋。

我母亲的工作和公共汽车关系密切，她一辈子乘公共汽车上下班。公共汽车连接了她的声乐事业，连接了她和教室和学生之间的所有活动，她生命的很多时光是在公共汽车上度过的。当然，公共汽车也使她几十年间饱受奔波之苦。在中国，我还没有听说过哪个城市乘公共汽车不用挤不用等不用赶。我们这座城市也一样。我母亲就在常年的盼车、赶车、等车的实践中摸索出了一套上车经验。

有时候我和我母亲一道乘公共汽车，不管人多么拥挤，她总是能比较靠前地登上车去。她上了车，一边抢占座位（如果车上有座位的话）一边告诉我，挤车时一定要溜边儿，尽可能贴近车身，这样你就能被堆在车门口的人们顺利"拥"上车去。试想，对于一位年过 60 岁的妇女，这是一种多么危险的行为啊。我的确亲眼见过我母亲挤车时的危险动作：远远看见车来了，她定会迎着车头冲上去。这时车速虽慢但并无停下的意思，我母亲便会让过车头，贴车身极近地随车奔跑，当车终于停稳，她即能就近扒住车门一跃而上。她上去了，一边催促着仍在车下笨手笨脚的我——她替我着急；一边又有点居高临下的优越和得意——对于她在上车这件事上的比我机灵。

她这种情态让我在一瞬间觉得，抱怨挤车和对自己能巧妙挤上车去的得意相比，我母亲是更看重后者的。她这种心态也使我们母女乘公共汽车的时候总仿佛不是母女同道，而是我被我母亲率领着上车。这种率领与被率领的关系使我母亲在汽车上总是显得比我忙乱而又主动。比方说，当她能够幸运地同时占住两个座位，而我又离它比较远时，她总是不顾近处站立的乘客的白眼，坚定不移地叫着我的小名要我去坐；比方说，当有一次我因高烧几天不退乘公共汽车去医院时，我母亲在车上竟然还动员乘客给我让座。但那次她的"动员"没有奏效，坐着的乘客并没有因我母亲声明我是个病人就给我让座。不错，我因发烧的确有点红头涨脸，但这也可能被人看成是红光满面。人们为什么要给一个年轻力壮而又红光满面的人让座呢？那时我站着，脸更红了，心中恼火着我母亲的"多事"，并由近而远地回忆着我母亲在汽车上下的种种表现。当车子渐空，已有许多空位可供我坐时，我仍赌气似的站着，仿佛就因为我母亲太看重座位，我便愈要对空座位显出些不屑。

　　近几年来，我们城市的公共交通状况逐渐得到了缓解，可我母亲在乘公共汽车时仍是固执地使用她多年练就的上车法，她制造的这种惊险每每令我头晕，我不止一次地提醒她不必这样，万一她被车刮倒了呢，万一她在奔跑中扭了腿脚呢？我知道我这提醒的无用，因为下一次我母亲照旧。每逢这时我便有意离我母亲远远的，在汽车上我故意不和她站在（或坐在）一起。我遥望着我的母亲，看她在找到一个座位之后是那么的心满意足。我母亲也遥望着我，她张张嘴显然又要提醒我眼观六路留神座位，但我那拒绝的表情又让她生出些许胆怯。我遥望着我的母亲，遥望她面对我时的"胆怯"，忽然觉得我母亲练就的所有"惊险动作"其实和我的童年、少年时代都有关联。在我童年、少年的印象里，我母亲就总是拥挤在各种各样的队伍里，盼望、等待、追赶……拥挤着别人也被别人拥挤：年节时买猪肉、鸡蛋、粉条、豆腐的队伍；凭票证买月饼、火柴、洗衣粉的队伍；定量食油和定量富强粉的队伍；火车票长途汽车票的队伍……每一样物品在那个年月都是极其珍贵的，每一支队伍都可能因那珍贵物品的突然售完而宣告解散。我母亲这一代人就在这样的队伍里和这样的等待里练就着常人不解的"本领"而且欲罢不能。

我渐渐开始理解我母亲不再领受挤车之苦形成的那种失落心境，我知道等待公共汽车挤上公共汽车其实早已是她声乐教学事业的一部分。她看重这个把家和事业连接在一起的环节，并且由此还乐意让她的孩子领受她在车上给予的"庇护"。那似乎成了她的一项"专利"，就像在从前的岁月里，她曾为她的孩子她的家，无数次地排在长长的队伍里，拥挤在嘈杂的人群里等待各种食品、日用品一样。

不久之后，我母亲同时受聘于两所大学继续教授声乐。她显得很兴奋，因为她又可以和学生们在一起了，又可以敲着琴键对她的学生发脾气了，她也可以继续她的挤车运动了。我不想再指责我母亲自造的这种惊险，我知道有句老话叫做"江山易改，秉性难移"。

可是，对于挤公共汽车的"爱好"，难道真能说是我母亲的秉性吗？

朱永新感悟：

　　铁凝通过母亲在公共汽车这个特定场景的表现，讲述了一个忠于职守、严谨认真的大学教师母亲的故事。在那个特殊的年代，她的母亲总是"拥挤在各种各样的队伍里，盼望、等待、追赶……拥挤着别人也被别人拥挤"。但是，母亲始终没有放弃努力，放弃希望，总是拥挤着把握和创造各种机会。母亲的模样，也许正是孩子的榜样。

王开林

王开林（1965— ），湖南省作协副主席，《文学界》执行主编。已出版《站在山谷与你对话》《沧海明珠一捧泪》《大变局与狂书生》《新文化与真文人》《文人秀》等多部作品，作品曾获得湖南省青年文学奖、《萌芽》文学奖、《十月》文学奖等多个文学奖项。

慈母在天堂 / 王开林

一个人视力所及的距离能有多远？听力所及的范围又能有多大？你也许会说，这是完全不值得追根究底的问题。真是如此吗？我想眺望母亲久已鸿飞冥冥的身影，倾听她老人家早就喑哑在岁月喉咙里的声音，然而幽明永隔。我既不能上穷碧落，又无法下抵黄泉，只得把目光投向浩茫的天宇，投向形同蜂窝的星海深处，抱持着不肯割舍的愿望，久久祈祷——"慈母在天堂！"

那正是善良者应有的归宿，也正是受难者应得的报酬。

我投生人世，的确有点姗姗来迟。母亲在体弱多病的四十二岁上，咬紧牙关，将她的第五个孩子，也是最小的一个，带到了寒流奔涌、毒气氤氲的世间。为此，母亲几乎丧命，我也险些夭折。

"总共有九百九十九个理由不生你，只有一个理由生你，那就是我想看看你的模样。我拿自己的老命做赌注，好在是赢了这一局。"

话说得轻描淡写，然而，从母亲畅快的笑容，我强烈感受到她创造生命于千辛万苦之后的喜悦。

我不幸出生在"文革"爆发前的那一年。某位专以打趣别人为乐的家伙竟拿捏我的苦经大加调谑，戏说我是"在一个错误的时间，做出了一个错误的决定，投生在一个错误的地点"，似乎来赶那趟"浑水"，完全是我一念之差。怪只怪天意弄人，我的运气也不济，如同二战时期盟军的空降兵，因为细小的偏差，夜中误降在德军的营地；然后，就是密集的枪声，就是惨叫悲号，就是血肉飞迸。

在一片眩目的雪光中，我睁开惊奇的眼睛，看见母亲在命运的钢丝上颤颤巍巍地挪步，看见几乎所有的人都在命运的钢丝上战战兢兢地蠕行。钢丝悬在高可摩云的半空之上，一旦脚下失去平衡，"杂耍者"就会猛然栽落下去，万劫不复。这是谁也逃避不了的现实，但它比恶梦更像恶梦，比幻觉更像幻觉。

母亲牵着我，走向"钢丝"的另一端，那时我刚满四岁。

"还有一程路就到了。"

"就到了哪里？"

"好地方。"

所谓"好地方"，即是我命中注定要苦捱十年的异乡。那时，我重复得最多而又最令母亲发愁的两句话，比电报辞还要简短：

"妈妈，我饿！"

"妈妈，我冷！"

于是，我手中就添补一只甜香的烤白薯，身上就加厚一件改做的旧棉衣。

"还饿吗？"

"不饿。"

"还冷吗？"

"不冷。"

起码的温饱，简单的满足，就够母亲精打细算，运筹张罗一气了。在"生存"的重轭之下，"生活"二字趁早免提。那是动辄获咎的年代，对于摆在眼底的事实，如今你简直难以置信，像"越穷越光荣"那样愚不可及的提法，竟然是"太平盛世"里最鼓舞人心的口号！在当时，老百姓向往富足安乐的生活，此念即算不划归罪恶的思想一类，也属于额外的奢求。

母亲天性爱美，我最早见到的艺术珍品就是她用五彩丝线针针绣出的那些花鸟虫鱼，乡人啧啧称奇，母亲却摇头不止，轻叹一口气——

"可惜没有好丝绸，这线也是自家染的，比不得先前绣庄里买到的好。"

仲春时节，鲜花烂漫，母亲家务之余，便去篱边屋后采些好看的野百合回来，插在花瓶里。虽是陋室寒舍，却弥漫一季馥郁的芳香。

"苦中作乐也是一门本事。"

这般心法，我得了母亲的嫡传，够我一生受用无穷。

我的启蒙教育完全得益于母亲，从那些节奏明快的儿歌和意义深刻的寓言故事，我吸取了最早的文学养分。我总有层出不穷的问题，似肥皂泡一串一串的，母亲只要手上忙得过来，就会不厌其烦地给出答案，从不将我一巴掌打开。

"妈妈，为什么坏人要风得风，要雨得雨？"

"坏人为达到自己的目的，什么阴险毒辣的手段都想得出来，用得出来，谁还有胆量去凿他们的瓢，挡他们的路？"

"他们为什么硬要害人？"

"没有道理可讲，他们是豺狼，天性喜欢杀生。"

"那好人是什么？"

"他们是羊，生来就是被剪毛、挤奶、剥皮、吃肉和熬汤的命。"

听了这话，我不禁浑身打了个冷战，待情绪稍稍平复了，然后再问——

"妈妈，为什么十个好人加在一起都斗不过一个坏人？"

"十只羊当然斗不过一头狼，他们太老实太和气太忠厚，不会弄奸耍狠。"

"做羊没有做狼好玩，真是太没意思了，老是被欺负，连命都保不住。"

听我这样一讲，母亲立刻放下手中的活计，叹息道——

"做狼做羊，一半是天性决定的，一半是环境造成的，也不是你想做什么就能做什么。我看你只能做羊，连蟑螂和壁虎这样的小东西都怕。"

"我不想做羊！"

"你叫得响，有什么用？不吭声的狗才咬人咧。"

我在七八岁时提出诸如此类的问题，母亲并没有随便糊弄过去，她的话句句落实，是要让我早些明白，这个世界到处充满了残忍和邪恶。在冷血寒骨的年代，母亲忧世伤生，我不能完全理解，但印象深刻。

有道是"人看其小，马看蹄爪"，对于我的早期教育，母亲非常注重。她是善良的"驯羊"，这就无疑决定了，她绝不可能教会我做"恶狼"的种种本领。尽管她深知为羊的痛处和苦处多而又多，仍一门心思要将我引向正大光明的路径。倘若她发现我当面扯白撒谎，或在外面扑枣摸瓜，就会责罚我跪在搓衣板上，独自好生反省。有时一跪就是一两个小时。

"看看你这副样子，像棵歪脖子树，立不正，扶不直，岂不是枉费了为娘栽培你的一片苦心？你今天满肚子怨恨，不要紧，等将来我死了，你终究会有明白省悟的一天！只不过，那时候你想找娘讲一声'对不起'，保证要如何如何重新做人，娘的影子都不在了，既看不见，也听不见了。"

　　世间任何雄辩滔滔的语言，都绝不可能比慈母的半滴眼泪更有说服力。只要是性本善良的儿女，看见娘亲一夕伤神，泪落如箸，再怎么厚脸调皮，也会痛加自责，知错知悔。除非是冥顽不灵之辈，才会任由慈母心碎心灰。

　　我十岁那年，母亲的身体更见羸弱，脸色愈显蜡黄，平日痰唾中所挟带的血丝足以证明她已经积劳成疾。然而，她迟迟不肯就医，硬撑了半年之久，一场突发的大咯血后，才查出是肺结核晚期。母亲自知来日无多，便将后事向父亲和姐姐一一交待清楚了，仿佛只是要出一趟远门，神色从容自若。在病榻前，她用手帕擦去我腮边的余泪，轻抚我单薄的身子，目光骤然黯淡下来。

　　"林儿，你还小，我唯一放心不下的就是你了！"

　　"妈妈，我怕……"

　　"只要你心里总记挂着我，娘就不会死。"

　　多年之后，我才真正理解了母亲这句话中最深层的意思。每当我怀念她老人家至深至切的时候，其音容笑貌宛若生前。诚然，在我雕版似的记忆中，母亲的形象永远不可毁损，不可磨灭；更何况我的每一滴血都源于母亲的血，我的每一滴泪都源于母亲的泪，母亲给了我生命，给了我热情，给了我意志，她老人家毫无保留的慈爱始终贯穿于我的一呼一吸之间。

那是一个雨横风狂雷劈电闪的春夜，我家门前的两株大桃树竟然被连根拔起，累累的青桃撒满一地。平日被唤作"好汉"的那条人见人怕的看门狗，也禁受不住这份天崩地裂的惊吓，兀自瑟缩在屋角呜呜地哀鸣。

就是此夜，成了我今生最漫长最心痛的一夜！

母亲的遗物至今仍深锁在红漆斑驳的老木箱中，那是一段不忍披阅的伤心史，我不敢揭视。其中有一本当年家庭开支的明细账，一针一线的前因后果，一鸡一蛋的来龙去脉，在里面都有十分确切的记载。从一字一词，一笔一画，甚至一个微不足道的小数点，都可以见出母亲当年是何等殚思竭虑。异常窘困的日子，那本账簿乃是真实无欺的见证。不知"苦难"为何物的后人，你们将来若要提问，如何才叫"最低限度的生存"？怎样才算"艰难无比的挣扎"？无须旁搜别取，它就能给出一个令人酸楚而又使人信服的标准答案。

过早失去母爱，童年少年的荒凉时光和空虚岁月就如同一片死气沉沉的沼泽。在成长的苦闷历程中，离开母亲的训导，许多次，我险些失足于歧途，陷身于泥淖。但我硬是站起来了，迅疾避开那些致命的诱惑，我想，这正是母亲所欢喜的。

但愿宇宙深处真有一座祥和旖旎的天堂，慈母就住在那里。终有一天，我要穿越悠长黑暗的时光隧道，去追寻她人家的旧踪。我相信，而且坚信不疑，我与母亲，在生死契阔之后，必定还可以聚首。"愿死者有他（她）的天堂，愿生者有他（她）的寄托。"

阿门。

朱永新感悟：

作者的启蒙教育完全得益于母亲，他说，自己从那些节奏明快的儿歌和意义深刻的寓言故事中吸取了最早的文学养分。作者的好奇心求知欲也完全得益于母亲，作者儿时有层出不穷的问题，似肥皂泡一串一串的，母亲从来不讨厌拒绝，而是不厌其烦地给出答案。作者的诚实规矩也应该归功于母亲，小时候因为撒谎和扑枣摸瓜，母亲就会责罚跪搓衣板反省，有时一跪就是一两个小时。慈母给养成的好习惯，孩子一辈子受用。

林莉

林莉（1972— ），当代作家，代表作有《小巷深处》《月光下，一个女孩》《红袖添香》等。

小巷深处 / 林 莉

早就知道，我是在村那头的坡顶上捡来的。据说，那个季节，天还不太冷，依稀有几片早落的黄叶，在风中或上或下或左或右、低低地打着旋。

当时的我被一件破蓝布袄草草地包裹着。有很多人围在那个坡顶上，却好像没有谁打算把我抱回去。有个好心人跑到巷口时对瞎眼的英姨说："天赐给你的呢！总比不知冷热的竹棒强。"又有人附和："收下吧，老来也有靠。"于是，英姨麻利地收了小摊，颇有节奏地用竹棒叩击着青石板铺成的路面来到我身边，随即央求热心人把幼小的我放进了她瘦瘪却温暖的怀里。

　　第二天，巷里的人都看到她拆掉自己住了十几年的小木棚，搬进了小巷最深处门口有两个滑溜溜石凳的小房子。为此，她从一双破棉鞋里拿出了她所有的积蓄——150元。于是，我在降临到人世间一个月后，真正拥有了一个家，我从此也就成了"巷口卖冰棍的瞎眼姨娘的女儿"。

　　据说，我那盲母亲当初是极泼辣的，并以厉害出名。在我被捡回后，她抱着我到处炫耀："我丫头多可爱，多漂亮，肉滚滚，嫩生生。"有明眼人曾很不服气地反驳："我说大姨呀，你捡她的那天我就想说了，收养姑娘嘛，也该挑个漂亮一些的，这丫头，黑不溜秋，眉不是眉，眼不是眼，您眼睛看不见，才吃了这个亏！"我母亲听着便翻了脸，待在那人家足足骂了半天。不过这些都是后来别人对我说的。在我印象中，母亲从未这样泼过。有人说："为了这个丫头，英姨改好了！"

　　自我有记忆开始，家的概念就是一张笨重的积满油腻的木桌，一碗拌着焦黄猪油渣的酱油饭，一杯用过期折价的奶粉冲调成的牛奶和一只好大好长的冰棍箱。让很多人费解的是，在这四壁空空的家里，我居然也能顺顺利利地长大，顺顺利利地代替了母亲常年用的那根光润的竹棒。小巷里的人们不再听见那日日重复的青石板上有节奏的叩击声了，人们常见到的就是我——一个丑女孩，每天挽着一个盲姨娘从小巷深处缓缓地走到巷口。

　　巷口摆的小摊就是维持我们这个贫穷家庭的唯一希望。夏天，母亲总会如尊凝固的雕像般执着地守候在一个大大的冰棍箱旁，毒辣的阳光把母亲原已黝黑的皮肤晒得黑里透红，日复一日，竟成古铜似的颜色；因盲眼而被忽略了的手，总是留着黑而长的指甲；身上的衣服早已辨不出色彩来。但令人不解的是，我一直觉得她的生意总比别人的好，有时一天下来，竟收入十多块。这对于我们来说无疑是一个很让人满意的数目。我曾问她做生意的秘诀，她总微笑着说："坐在太阳最毒的地方守着卖，是绝对不会错的。"那刻，我才知道，这比别人多赚的每一分钱都凝聚着母亲加倍的血汗啊！到了冬天——冰棍无处可卖的季节，母亲就会操起针线缝制出 20 多条棉被，租给赶集的或帮工的乡民，每晚租金四毛到六毛不等。于是，整整一个冬天，母亲又忙于拆拆洗洗缝缝补补。

由于她的辛勤劳作及苦心经营，我们这个家居然也过得有声有色——饭桌上经常能上荤菜，而我衣服上的补丁也随着年龄的增长越来越少，直至没有。有很多次，看着母亲太劳累，我极想帮帮她，可她总是生气地说："你怎么这么没出息！好生读你的书去。"所以，在这个家里，虽然苦点，我却被调养得像个千金小姐——肩不能扛，手不能提，只知道读一些母亲不懂的书。

而母亲却总以我为骄傲。小学二年级那会儿，老师布置了篇作文，大概我写得比较通顺，而且用拼音代替了不会写的生字，老师大大表扬了一番，说了一些诸如"小小年纪，大有作为"

之类的话。回去，我便把作文交给看不见的母亲，还得意地向她转述了老师的话。母亲竟高兴得落了泪。她一直把那篇作文珍藏着，逢人便拿出来给人看，说："我家莉儿可了不得，老师赞她有出息。"开始讲的时候，那些识字的也还有模有样地翻几下作文本，应和几句。后来说得多了，有人揶揄她："可不是，都说阿莉是你的冰棍调养出来的呢！"母亲是看不见人家表情的，听了这话便高兴起来，甚至卖冰棍时，我都成了她的广告宣传："吃我的冰棒吧，吃了就是聪明，跟我家阿莉一样。"弄得我很难堪。从此，即使得了表扬，我也不敢说给母亲听了。

开始的时候，我很满足于自己那由肮脏的板壁、黝黑的炭炉、简单的饭菜构成的生活，我总是自豪地倚在极为疼爱我的母亲身边，总是极自由地吃那令小朋友眼馋的永远吃不完的冰棍……

随着年龄的增长，我渐渐感到了自己的不同一般。同学异样的目光，老师分外的关切，时刻提醒我：我，是一个瞎子捡来的女儿；我，拥有的是一个特别贫穷的家。

我开始沉默，开始回避所有的同学，甚至开始厌恶我的家。我不再与母亲相伴而走，也不再从母亲卖冰棍的那条路经过。那段时间，除了几顿饭之外，我几乎整天泡在教室里，只是为了在那个卑微的家里少待几分钟。有人向她问起我，她依旧满面春风："莉学习忙呢！老师赞她有出息呢！哪会在家耗时间！"

除了我，谁也不可能看出她眼中深深的落寞。

时间飞逝，终于在中考过后的一个月，我接到了县城重点高中的录取通知书。我终于可以名正言顺地摆脱自己家庭的阴影，住进那隔了一座又一座大山的县城一中了。

临行前，我穿上了母亲用从微薄的生活费中硬扣下的钱购置的连衣裙。当我看见穿衣镜中颇具城市少女风采的"我"时，我终于下了决心，转向母亲，吞吞吐吐却又异常清晰地说："妈……您……以后别……如果没急事的话……不用去找我……"

"为什么？"母亲眼光黯淡了。好长好长时间的沉默，终于，她点了点头，顺手取过她那根不知啥时已从角落里拿出来并已磨得又光又亮的竹棒，叩击着地面向厨房走去。"您……"我上前扶住她，可她轻轻推开我："我去帮你弄点好吃的，食堂少油。"我有些哽咽，但我什么也没有说。

住读生活很快让我忘掉了以往的自己，忘掉了烈日、冰棍、瞎眼母亲带来的烦恼与卑微，也忘掉了临行前的那一点点不安。谁都不知道我是谁，谁都以为我也同她们一样拥有一个幸福的家。

一段时间中，母亲果然遵守诺言。每月由一位早年已住进城里却经常回乡的老婆婆帮我捎来一些营养品及生活费。坐落在小巷深处的那个家似乎与我完全隔绝了。我开始淡忘了家门前圆润光洁的石板，那门上斑斑驳驳的门锁，甚至淡忘了黄昏后母亲倚在门旁殷殷的招呼声。这样的日子平和而又迅速地溜过去，一直到我临近毕业的那个学期。

那个学期的最后一个星期。

当老婆婆将一包鸡蛋和 50 元钱塞给我时，我床对面的一位室友发话了："莉，你妈对你多好，毕业聚会把她请来，你的优秀成绩定会让她感到光彩！"

"哦……这？"我迟疑了瞬间，"我妈太忙了，她……抽不出空，你瞧，连带东西都一直请别人帮忙，哪有时间呢？"那刻，我惊异于自己说假话如同说真话一样。

送老婆婆出门时，我感激地对她说："您这三年来为我操了心，让您受累了。"

"你……"她看来有些激动，停了一会儿，又说："你考得真的很好？"

我点了点头。

"造孽！……"她竟长叹一口气，"你……你妈怎么那么死心眼！"

"怎么回事？"我突然有点紧张。

她不再说话，拉起我的手直冲出校门，然后拐到一个偏僻的巷子里。

老远，我便看见了，看见了她——我的母亲。在风中，她无助地倚在墙边，凌乱而花白的头发在苍老的脸颊旁飘扬着。我看到了她深凹的眼，布满青筋和黑斑如枯竹似的手，还有那根又光又亮的竹棒。

"莉呀，你有出息啦，可不能没良心啊。这三年，我哪这么有空个个月回乡？都是她央人把自己送上汽车，下车后又摸到我住的地方，把东西交给我，让我带给你，然后又孤零零地摸上汽车……"

我的视线顷刻间模糊了。朦胧的泪眼中，我依稀看到了村旁那长长的路，路旁那长长的小巷，巷里那根长长的竹棒，竹棒后蹒跚着一个长长的、长长的人影。

"妈妈！"我奔过去，为自己的虚荣，为自己的无知，流着泪。在风中，她的脸是那么黝黑，她的手是那么粗糙，她的眼睛是那么黯淡，然而她立在那儿却是那么挺拔，那么坚定，仿佛在憧憬，又仿佛在等候。

妈妈，我回来了，我已经回来了，我其实还记得，还记得来时泥泞的山路，还记得赤足跑过石板的清凉，还记得家里厚重的木门栓，还有，还有我们曾共同相偎走过的那条小巷，那条深深的小巷。

朱永新感悟：

我是含着泪水读完这篇文章的。眼前一直浮现着文章中描写的母亲的形象：凌乱而花白的头发在苍老的脸颊旁飘扬着，深凹的眼，布满青筋和黑斑如枯竹似的手，还有那根又光又亮的竹棒。可以想象，一位盲人母亲，靠着卖冰棍和缝缝补补，含辛茹苦地把女儿拉扯大，是多么不容易。但是，为了女儿，她忍辱负重无怨无悔。女儿终于成为她的骄傲，而真正的幕后英雄，正是这位伟大的母亲。

后　记

一直想编写一本关于母亲与教育的书。

这是因为，母亲在一个人的生命中起着关键的作用。这个问题，在传统教育中就有许多论述。

中国古代是一个男性价值观支配的社会。男尊女卑，母亲是父亲的附庸。汉代刘熙《释名》有云："父，甫也，甫，始也，始生己也；母，冒也，冒，含也，含生己也。"也就是说，孩子的生命源自父亲，母亲只是孕育者而已。《礼记·表记》更明确说："母，亲而不尊；父，尊而不亲。"母亲与孩子的关系比较亲切（"亲"），父亲与孩子的关系才是尊严（"尊"）。尽管如此，家庭教育的主要责任还是在于母亲。所以，清代陆世仪说："从来家道之败，在于女德；家道之兴，亦在女德。"为什么母亲在齐家教子中起主导作用呢？因为"男正位乎外，女正位乎内。男子虽有治家之责，然其势处暂。妇人终日在家，若不知礼，便多操却家政也。人欲齐家，只是齐妻子"。

西汉经学家刘向的《列女传》就有《母仪篇》，"所取乎母仪者，为其守礼知义，端严善教，以为后世法者也"。介绍了历史上遵守礼法，通晓道义，端庄严谨，善于教子，可作为后人学习的榜样母亲。从唐宋到明清各个历史时期，差不多都有人增写此书，出版了《续列女传》《列女传增广》等不下数十部妇女传记，每部都设有《母仪篇》，介绍了中国历朝历代百位教子有方的母亲的事迹。孔母授学、孟母三迁、徐母大义、岳母刺字、欧母画荻、陶母剪发等脍炙人口流传千古的故事，也从一个侧面反映了中国古代重视母亲教育的传统。

中国传统文化中关于家庭教育与母亲教育有许多珍贵的遗产，值得我们重视。我认为主要集中在三个方面：

第一，传统家教（母亲教育）通过家规、家训、家风等形式，对家庭教育（母亲教育）进行规范，用制度和仪式对儿童进行教育。古人讲，"国有国法，家有家规"。所谓家规，是指一个家庭的行为规范，一般是由一个家族遗传下来的教育规范后代子孙的准则，也叫家法。家训一般是家庭的前辈对晚辈立身处世、持家治业的教诲与训导。如果说家规比较刚性，家训则显得亲切柔软，往往以谈心的方式出现，《颜氏家训》《朱子家训》《曾国藩家训》等古代名人家训都是如此。明代开始流行的《女儿经》等，也是母亲教育的类似"家规"，如谈到教育孩子时写道："有儿女，不可轻。抚育大，继宗承。或耕耘，教勤谨。或读书，莫鄙吝。倘是女，严闺门。训礼义，教孝语。能针业，方成人。衣服破，缝几针。鞋袜破，被人论。是不是，自己寻。为人母，所当慎。"

家风是一个家庭的文化氛围，体现了家庭的风气、风格与风尚。在古代，还有通过家谱（文本）、家祠（现场）等进行家庭教育的。这些规范中积极的一面，不仅让儿童在启蒙时期得到及时的教育，也让中华优秀传统文化通过家庭这一载体得以传承。

第二，传统家教强调以德为先，把做人作为教育之根本，与现代教育理念"立德树人"是一致的。中国最早的一部教育纲领性著作《大学》就把明德至善作为所有教育的根本目标："大学之道，在明明德，在亲民，在止于至善。"《中庸》《说文解字》《增广贤文》等古籍中也有类似阐述。中国古代最有影响的道德教育入门书是朱熹所辑的《小学》，其书四卷六类，立教、明伦、敬身为全书的纲目。立教，就是强调为教为学必须"本于道"，明伦讲的是父子之亲、君臣之义、夫妇之别、长幼之序和朋友之交，敬身讲的是心术之要、威仪之则、衣服之制和饮食之节。这也是朱熹本人认可的"修身大法"，是奠定日后"做人的样子"的基础。

关于母亲的道德标准，东汉班昭的《女诫》、西晋张华的《女史箴》、唐宋若华的《女论语》及清初王相编的《女四书》等都有详细的论述。这里要特别提出明代吕得胜编写的《女小儿语》，该书分女德、女言、女容、女工、通论、杂言、补遗等章，对母亲教育也有许多主张，如提出"少年妇女，最要勤谨，比人先起，比人后寝""剩饭残茶，都要爱惜，……安分知足，休生抱怨""孝顺公婆，比如爷娘，随他宽窄，不要怨伤""夫是你主，不可欺心，……相敬如宾，相成如友""看养婴儿，切戒饱暖，些须过失，就要束管。水火剪刀，高下跌磕，生冷果肉，小儿毒药""不积钱财，只积善行，儿孙若好，无钱何病""妇女妆束，清修雅淡，只在贤德，不在打扮""家教宽中有严，家人一世安然"。其中虽然有不少封建主义的糟粕，但是对于母亲行为规范提出的一些要求，也有值得我们重视的内容。

第三，传统家教注重父母的以身作则榜样示范，强调儿童的行为训练和科学方法。身教重于言教，孔子就主张"其身正，不令而行。其身不正，虽令不从"。《列女传》认为，母亲怀孕以后的一言一行都直接关系到胎儿的成长，清浊美恶，智愚贤否，所以要求母亲"寝不侧，坐不边，立不跸，不食邪味。割不正不食，席不正不坐，目不斜视，耳不听淫声。夜则令瞽诵诗，道正事"。明末清初的理学家孙奇逢在《孝友堂家规》中，提出"立家之规，正须以身作范"。古代教育家颜之推反对"无教而有爱"的家庭教育，强调习惯养成。朱熹更明确小学的任务，就是"教之以洒扫、应对、进退之节，礼乐、射御、书数之文"。这些都与现代教育理念相吻合。

当然，我们也要注意辨析与舍弃传统家教与母亲教育中那些不符合现代教育理念的糟粕。比如，现代社会里，确立儿童的主体权利是文明的一个重要标志。但传统家教强调父母与孩子的等级，把母亲作为父亲的附庸，把儿童视为父母的私产，把惩罚作为教育的主要方式，导致打骂孩子迄今仍然是中国社会非常普遍的现象。只有清理这些反教育的传统家教与母亲教育流毒，才能建立现代的家庭教育体系。时代发展到今天，在优秀的传统家教理念基石上构建起现代家教的大厦，不仅是父母与儿童的要求，更是教育和未来的要求，是历史赋予我们这一代教育工作者的使命。

也正是怀着这样的使命，我选编了这本小书。与一般的选本不一样的是，我是用一双教育的眼睛来选编的。我希望，这本书，不是一般的文学作品，而是兼具文学性与教育性的读本。

为了选编这本小书，我们查找翻阅了中外数百篇的关于母亲的文章，初定稿选择了74余篇。在撰写感悟和最后定稿的过程之中，经过反复筛选，又删除了35篇，有许多文学家、科学家、社会名流回忆自己的母亲，感人肺腑，让人潸然泪下，但是与教育无关，我们不得不割爱了。当然，由于视野的局限，可能有不少富有教育意蕴的好文章被遗漏了，特别是国外的资料相对较少，文学家以外的名家相对较少。好在还可以继续增补，修订完善。

特别需要说明的是，选入本书的文章是根据作者的出生时间先后排序的。另外书中的很多文章原本以《母亲》或者《我的母亲》为题，为了突出文章的个性，避免过多的标题重复，我根据文章的中心内容和关键词语，对部分文章的标题进行了重拟，敬请原作者理解和原谅。我也向他们表示最崇高的敬意。由于部分作者无法联系，入选文章的稿费已经委托中国文字著作权协会管理。

这本书的出版得到了团结出版社的大力支持。梁光玉社长和本书的责任编辑李可和宋扬为这本书能够在母亲节前出版加班加点，付出了辛勤努力，在此表示衷心的感谢。

我要感谢苏州大学新教育研究院的杨帆、郝晓东、管童、李筱寅、张伊凡、陶奕阳等同学，在成书的过程之中，他们协助我做了大量资料核查等工作。这本书在 2021 年母亲节完成初稿，在 2022 年母亲节之际出版，也祝天下母亲幸福康安！祝年轻的母亲能够向书中的母亲学习，成为一个好母亲！

朱永新

2021 年母亲节前夕初稿

2022 年母亲节前夕定稿于北京滴石斋

参考文献

胡适著:《我的母亲》，天津人民出版社，2013 年版。

郭沫若:《芭蕉花》,《视野》，2020 年第 4 期。

邹韬奋:《我的母亲》,《语数外学习（高中版上旬）》，2017 年第 2 期。

苏雪林:《母亲》,《宇宙风》，1939 年第 13 期。

丰子恺:《我的母亲》,《当代学生》，2008 年第 10 期。

老舍:《我的母亲》,《考试（高考语文版）》，2006 年第 1 期。

鲁彦:《母亲的时钟》,《视野》，2013 年第 22 期。

季羡林著:《季羡林散文精选》,北京教育出版社,2020 年版。

琦君著:《母亲的书》，洪范书店，1996 年版。

秦牧:《梦里依稀慈母泪》,《伴侣》，2021 年第 12 期。

吴冠中:《母亲》,《视野》，2018 年第 13 期。

王鼎钧著:《碎琉璃》，生活·读书·新知三联书店，2013

年版。

宗璞：《我的母亲是春天》，《文摘报》，2017 年 5 月 18 日。

袁隆平：《妈妈，稻子熟了》，《读者》，2011 年第 14 期。

梁从诫：《倏忽人间四月天——回忆我的母亲林徽因》，《闽都文化》，2021 年第 1 期。

庄因：《母亲的手》（节选），《中国校园文学：少年号》，2012 年第 5 期。

从维熙著：《从维熙文集 7》，华艺出版社，1996 年版。

资华筠著：《人世婆娑》，广西民族出版社，1997 年版。

叶维廉：《母亲，你是中国最根深的力量》，《作品》，1985 年第 6 期。

冯骥才：《我的百岁母亲》，《读者》，2018 年第 14 期。

刘心武：《谁说母爱不能是这一种》，《北京纪事（纪实文摘）》，2008 年第 12 期。

席慕蓉：《生日卡片》，《当代学生》，2010 年第 10 期。

三毛：《流浪的终站》，皇冠文化出版有限公司。

程乃珊著：《你好，帕克！》，上海文艺出版社，1989 年版。

余秋雨：《一生最大的勇敢都来自母亲》，《才智：智慧版》，2013 年第 10 期。

肖复兴：《母亲》，《意林：原创版》，2016 年第 12 期。

梁晓声著：《慈母情深》，首都师范大学出版社，2013 年版。

张抗抗：《苏醒中的母亲》，《情感读本》，2014 年第 33 期。

尤今:《她押了一生的岁月》,《北方人悦读》,2009 年第 2 期。

史铁生:《合欢树》,《课外语文》,2002 年第 1 期。

赵丽宏:《母亲和书》,《家庭教育》,2000 年第 10 期。

毕淑敏著:《愿你与这世界温暖相拥》,江苏文艺出版社,2013 年版。

林清玄著:《愿你,归来仍是少年》,长江文艺出版社,2017 年版。

王安忆:《风筝》,《金秋》,2013 年第 14 期。

莫言:《母亲》,《人民日报》,2008 年 1 月 14 日。

铁凝:《母亲在公共汽车上的表现》,《中国校园文学》,2007 年第 7 期。

王开林:《慈母在天堂》,《老年人》,1998 年第 5 期。

林莉:《小巷深处》,《作文世界》,2015 年第 11 期。